KB020073

선우**명수**필선 35

퀼트와 인생

국립중앙도서관 출판예정도서목록(CIP)

퀼트와 인생 : 한동희 수필선 / 한동희 [지음]. -- [서울] :
선우미디어, 2014
    p. ; cm. -- (선우명수필선 ; 35)
"한동희 연보" 수록
ISBN 978-89-5658-381-5 04810 : ₩5000
ISBN 978-89-87771-09-1 (세트) 04810
한국 현대 수필[韓國現代隨筆]
814.7-KDC5
895.745-DDC21   CIP2014036488

선우명수필선 · 35

퀼트와 인생

1판 1쇄 인쇄 | 2014년 12월 20일
1판 1쇄 발행 | 2014년 12월 25일

지은이 | 한동희
발행인 | 이선우
펴낸곳 | 도서출판 선우미디어
      등록 | 1997. 8. 7 제 305-2014-000020호
      130-100서울특별시 동대문구 장한로12길 40, 101동 203호
      (장안동 우성3차아파트)
      ☎ 2272-3351, 3352 팩스: 2272-5540
      sunwoome@hanmail.net

Printed in Korea ⓒ 2014. 한동희

값 5,000원

ISBN 978 89-5658-381-5 04810
ISBN 978 89-5658-188-6 (세트)

선우명수필선 35

퀼트와 인생

한동희 수필선

선우미디어

머리말

　수필을 쓴 지도 30년이 된다.

　오직 수필 외길만을 걸어왔지만 단행본은 4권에 불과해 그리 풍성한 수확은 아닌 것 같다. 그러나 나름대로 심혈을 기울여 수필을 써왔기에 긍지를 갖고 있기는 하나, 막상 30여 편을 고르려고 하니 망설임이 앞서 미루어 왔다.

　이제 나의 수필선은 독자들의 몫으로, 그 행로가 정해지리라 본다.

　나의 문학의 근원은 서해 바닷가와 염전, 여름이 모태라 하겠다.

　나의 부족한 글로 인하여 좋은 수필 보급에 자부심을 갖는 선우명수필의 참신한 기획에 누(累)가 될까 염려스럽다. 선우명수필선에 참여하게 되었음을 기쁘게 생각하며 이 책을 꾸며주신 선우미디어 여러분께 감사드린다.

2014년 12월

한 동 희

1부

바람의 발자국

바람의 발자국

　서안(西安)에서 돈황(敦煌)까지는 비행기로 약 2시간의 거리다. 나는 비행기 창밖을 내다보고 있다.

　돈황 가는 길은 사막으로 이어진다. 바람이 휩쓸고 간 사막은 천태만상의 풍경을 펼쳐 놓는다. 우리는 지금 구름 위를 가는 것이 아니라, 바람의 발자국을 따라 가고 있다. 한반도의 맑은 하늘에 황사를 몰고 와 뿌연 먼지로 가리우는 그 바람의 정체를 추적하고 있는 것이다.

　사막을 휩쓸고 간 바람은 천의 얼굴을 가진 마술사요, 살아있는 혼으로 변화불측한 위대한 예술가이기도 하다. 바람은 모래를 몰고 가 칼날 같은 산을 만들고, 거대한 공룡의 발자국처럼 움푹 패인 돌산도 만들어 놓았다. 천년 세월의 발자국이 새겨져 있는가 하면, 방금 거센 파도가 달려왔다 밀려간 뒤처럼 모래밭에는 빗살무늬가 그려져 있고, 수백 개의 가지를 달고 누워 있는 거목의 형체도 만들어 놓았다. 영지버섯 모양의 검은 퇴적물은 무엇이 쌓인 것이며, 흰색과 검은색이 모자이크를 이루고 있는 석회석의 너른 암반은 얼마만큼의 시간이 이루어 놓은 자취일까.

사막은 끝이 보이지 않아 하늘과 맞닿는 지점이 없다. 멀리 아득한 곳의 기련산맥 아래 눈 쌓인 기련산이 보이지만 그 거리는 가늠하기 어렵다. 사막 한가운데서 눈 쌓인 산을 바라본다는 것이 경이롭다. 설산의 눈이 녹아 사막으로 스며들고, 그 물이 오아시스를 만들어내는 자연의 이치에 숙연해진다.

얼마간 바람의 발자국을 따라 갔을까. 사방을 둘러보아도 끝이 보이지 않던 사막에 푸른 숲이 보인다. 그 숲은 마치 꽃무늬를 그려 놓은 듯 펼쳐져 있다. 잘 정돈된 경작지와 산을 가르며 뻗어나간 실낱 같은 도로. 마침내 오아시스 가까이 다가온 것이다. 잠시 후 시야에 들어온 좁은 강줄기에는 붉은 물이 흐르지만 거의 말라가고 있는 상태였다.

강물이 마르면 사막이 죽을 것 같아 걱정이 앞선다. 그 옛날 사막을 지나던 대상(隊商)들이 오아시스를 발견하고 기뻐하던 함성이 들려오는 것만 같다. 사막을 지나며 몇 차례 푸른 숲을 만났고, 숲이 있는 곳에는 사람의 손길이 닿은 흔적이 보였다. 광대한 사막에 오아시스가 있고 이곳까지 사람의 손길이 닿은 것을 보며 인간의 위대한 힘을 느꼈지만, 이런 신비의 세계에서마저 문명과 개발의 숨결을 보게 되니 실망스럽기도 했다.

시간은 쉬임없이 흐르고 또다시 이어지는 사막길. 거대한 모래산은 겹산을 이루고 거기 말없이 서 있지만, 언제 어떤 바람을 만나 그 모양을 달리할지 모른다. 바람은 변덕

쟁이, 바람은 사라지는 것이 아니라 가는 곳마다 그 성깔을 남겨놓고 간다. 간지럽히고 깔깔대고 할퀴고 쓰다듬어 주고 으르렁대고 거드름 피며 달아난 자국이 마치 위대한 예술작품을 보는 듯하다. 강풍(強風)은 바다를 건너며 해일을 만들고 수백 년 수령의 나무도 쓰러뜨리는 거칠고 사나운 폭군이기도 하다. 그렇다고 폭풍이 나쁜 것만은 아니다. 때때로 폭풍이 바닷물을 뒤집어 놓아야만 난류와 한류가 섞여 그 온도로 바다 생물이 살아갈 수 있다.

내가 바람소리에 익숙해진 것은 초등학교 때였다. 부모님이 서해 바닷가에서 염전을 할 때였는데, 우리집은 마을에서 떨어진 낭(언덕)너머에 있었다. 아버지는 바다와 염전이 훤히 내려다 뵈는 개창구지에 우리 집을 지었던 것이다.

바다를 건너오는 바람은 마을에 들어서기 전에 우리와 첫 인사를 나눈다. 실바람이 불어와 곤히 낮잠에 들게도 하고, 소슬바람이 염부들의 이마에 솟은 땀방울을 식혀주기도 한다. 그런가 하면 질풍노도가 밀려와 원둑을 무너뜨리고, 염전을 물바다로 만들어 놓아 아버지를 비탄에 잠기게도 했다. 사나운 광풍(狂風)은 언덕을 넘지 않고, 우리집 울대에서 괴성을 질러대며 나뭇가지를 매몰차게 꺾어 놓기도 하였다. 그때 들려온 바람소리는 위협적이었고, 불안과 공포, 그 자체였다.

바람은 지역과 공간을 초월한 무소부재(無所不在)한 존재. 바람은 쉬지 않고 불어야 살아있는 것이다. 그처럼 무섭던 바람소리도 자주 들으면 친화(親和)되는 것인지, 세월이 지날수록 그립고 다정하게 여울져 온다. 또다시 황사현상으로 눈앞이 흐려지고, 비행기는 바람을 뚫고 내달린다.

산다는 것은 사막을 걷는 것인지도 모른다. 우리는 사막 같은 황량한 벌판에 서 있는 거나 마찬가지다. 뜨거운 사막에서 시원한 바람, 물 한 모금을 찾아 헤매는 것일지도 모르겠다. 인생이란 거센 바람으로 찢기고 상처 난 가슴을 세월의 풍화작용으로 저마다 마무리해 가는 것이 아닐는지….

그동안 나는 어떤 바람으로 살아왔으며, 내가 스치고 간 뒤의 발자국은 어떤 모양으로 남았는지 생각해 본다.

사막에도 아름다움은 있다. 사막이 아름다운 것은 오아시스가 있기 때문이다. 사막에 오아시스가 없다면 사막은 사막 그 자체로 끝난다. 사막 같은 인생이지만 때때로 만나는 오아시스 같은 위안처가 있어서, 절망 속에서도 살아야 한다는 희망을 버리지 않게 된다. 그래서 나는 오늘도 내 가슴에 오아시스가 마르지 않도록 사랑의 바람을 일으키려 한다.

나는 이번, 서안에서 돈황 가는 수만 피트 상공에서 사막에 남기고 간 바람의 아름다움을 보았다. 그리고 두려움도 느꼈다. 아득한 사막의 길은 참으로 위대한 바람의 발자국이었다.

(2002.)

질투

어느 초여름날 밤, 세 사람–여자 둘과 남자 한 명–은 분위기 좋은 레스토랑에서 식사를 마치고 조용한 찻집으로 자리를 옮기기 위해 밖으로 나왔다. 밖에는 보슬비가 내리고 있다. 남자는 가방에서 작은 우산을 꺼내 펴 들었다. 사람은 셋인데, 준비된 우산은 하나였다. 빗발이 가늘기는 했지만 나는 새로 장만한 옷에 신경이 쓰여 남자의 우산 속으로 들어섰다. 나머지 한 여자는 우리를 한 걸음 앞질러 비를 맞고 걸어간다. 남자는 우산 든 손을 얼른 앞으로 내밀어 앞서가는 여자의 머리에 씌워 주었다. 순간, 나는 민망함과 함께 질투심이 불꽃을 일으키는 것을 느꼈다. 그리고 그러한 내 마음에 흠칫 놀랐다. 언제부터인가 나는 질투심에서 자유로워졌다고 생각했는데 이 돌연한 사태에 아연해졌다. 질투는 남녀 관계에서만 생기는 감정은 아니지만 지금 이 순간의 느낌은 좀 특별하다.

세 사람의 관계는 오랫동안 신뢰와 존중을 바탕으로 공통의 화제를 나누며 막역하게 지낸 사이지만, 우산을 든 남자의 손이 앞에 있는 여자에게로 옮겨져 갈 때의 질투심은 소유욕구의 발현인지, 자신감이 결여된 자의 비애인지 모르겠다. 앞에 가는 여자는 나보다 젊고 가냘픈 체구로, 남자는 나보다 그 여자에게 더 측은지심을 느낄 수도 있겠다는 생각에 얼른 감정을 수습했다. 그러나 화로 속 잿더미에 묻어둔 불씨처럼, 삭막한 내 가슴에도 질투의 감정이 남아 있다는 것에 한 가닥 기쁨을 느꼈던 것도 사실이었다.

질투는 절대로 혼자서 이루어질 수 없다. 서로에게 관심을 갖다가 소유욕이 생기고, 그 소유욕은 하나의 개체를 '우리'로 묶어준다. 그리고 '우리'에서 분리될 때 질투는 시작된다.

구중궁궐에서 벌어지는 암투와 계략도 질투에서 빚어지고, 서민들의 안방에서 벌어지는 고부간의 갈등과 시누이와 올케지간의 다툼도 시기심에서 비롯된다. 열렬히 사랑하는 남녀 간에, 존경과 신뢰로 다져진 스승과 제자 간에, 빛과 그림자처럼 붙어 다니던 사람들 사이에 질투의 화신이 비집고 들어가 불을 뿜으면 사회적인 질서와 윤리도 무너지고 만다. 이렇듯 질투는 인간의 특성 중에서 가장 슬프고도 불행한 감정이다. 그러면서도 질투가 삶의 원동력이 되는 것은 그 밑바탕에 사랑이 받쳐주는 힘이 있기 때문이다. 장미에 가시가 있듯이, 사랑 없는 질투는 존재하지 않는다.

질투는 자연적인 본능이다. 갓난아기가 물체를 느끼면서 시작된 질투는 어른이 되면서 점점 발달하여 생명이 다할 때까지 따라붙는다. 그것은 동물도 마찬가지이다. 우리 집에는 두 마리의 강아지가 있는데 서로 주인의 사랑을 독차지하려고 사투를 벌일 때마다 야성이 드러난다. 싸울 때는 떼어놓지 말아야 서로 사이가 좋아진다고, 동물도 질투를 해봤자 남는 건 상처뿐이라는 것을 아는지 죽을힘을 다해 싸우다가도 슬며시 떨어져 나간다.

질투에는 남녀가 없고 서열이 없다. 영웅도 없고 바보도 없다. 철학자 쇼펜하우어는 극히 민감한 사람으로서, 애정 면에서는 결코 성자(聖子)가 아니었다. 그는 의심이 많았으며 질투심이 강한 편이었다. 베니스에서 때마침 그곳에 머무르고 있던 바이런을 방문하려고 괴테에게 추천장까지 받았으나 그는 끝내 바이런을 찾지 않았다. 그가 애인 돌치네아와 리도오로 산책을 갔는데, 그때 마침 말을 타고 쏜살같이 그곳을 지나가는 바이런 경을 보고 그녀가 "저기 영국 시인이 지나간다!"고 소리쳤다. 쇼펜하우어가 바이런을 방문할 것을 단념한 것은 바이런의 멋진 인상을 잊지 못하는 애인을 그에게 빼앗길까 두려웠기 때문이라는 일화가 있다.

질투는 정상적인 감정으로, 질투를 전혀 느끼지 않는다고 하는 것은 자기 자신을 기만하고 있거나 감정을 억제하는 것이다. 그러나 억압된 감정이 통제 밖으로 튀어나올 때 더 위험하다고 한다. 우리 모두가 어느 정도의 질투를 하고 있지만 이성적으로 극복하지 못할 때에 병이 된다는 것을 정신분석학자들은 지적하고 있다.

나는 질투심이 많은 편이지만 질투를 경계한다. 질투는 생활의 동력이 될 수 있지만 자신을 괴롭히고 파괴시키기 때문이다. 질투는 자신의 부족함에서 발생되는 것이기에, 남에게 시기심을 갖는 것보다 자신의 여건에 만족하며 사는 것이 행복이라고 생각한다. 질투에서 자유로워졌을 때는 서글펐지만, 다른 사람의 성공이나 영광에 너그러이 찬사를 보내면 마음이 편안해진다. 순한 감정 속에 묻혀 있다가 불현듯 휘돌아 솟아오르는 미친바람, 질투.

"여자의 질투는 불꽃같은 아름다움, 그리움 같은 흔들림, 그런 것이어야 한다."는 누군가의 말이 떠오른다.

(2006.)

천둥소리

　새벽 운동을 나가려고 일어나보니 비가 내리고 있다.

　내일이 추석 명절이라 보름 전에 결혼한 딸은 충청도 청양의 시집으로 내려가야 한다. 이른 시간이지만 고속도로는 본격적인 정체현상이 일어나고 있다는 보도가 들려온다. 한복을 곱게 차려 입은 신랑 신부의 첫나들이 길이 빗길이라니 걱정스럽다.

　나는 운동하러 나가려다 그만 두고 창가에 서서 밖을 내다본다. 추적추적 내리던 비가 제법 굵은 빗발로 변하더니 천둥 번개를 동반하고 있다. 우루루~ 쾅! 한 차례 심한 굉음이 울리고, 이어서 먼 곳으로 옮겨간 천둥이 두어 차례 위력을 과시한다.

　오랜만에 듣는 천둥소리다. 천둥소리에 이어 하늘을 가르고 순간의 빛을 발하며 사라지는 번개. 천둥과 번개는 야합하여 한바탕 공중전을 치르듯 천지를 뒤흔들어 놓는다. 천둥소리의 위력은 그 무엇도 따라 잡을 수 없을 것 같다. 번개는 짧은 생명이지만 불꽃처럼 살다간 사람들의 영혼처럼 공중에 한 획을 긋고 사라진다.

또 다시 천둥소리가 잠든 영혼을 깨우듯 머리 위에서 호령을 한다. 명상하는 나무와 고요한 바다와 쉬어가는 바람을 깨우고, 죄 많은 사람에게 으름장을 놓는다.

천둥은 마치 하늘의 특권인 양 천하를 뒤흔들며 자기의 존재를 알리고 있다. 천지간에 나보다 강한 자가 누구이고 나보다 빠른 것이 무엇이냐며 사방을 넘나들지만, 나는 겁도 없이 천둥소리를 반긴다. 그렇다고 내가 천둥벌거숭이는 아니다. 위험한 천둥 번개지만 집안에서 들으니 천둥소리는 개선장군의 승전고 소리와도 같고, 베토벤의 운명 교향곡처럼 가슴에 큰 울림으로 다가 온다.

계절이 바뀔 때면 영락없이 비가 내린다. 그리고 계절의 한가운데 들어서도 비는 여러 차례 오지만 좀처럼 천둥 번개를 동반한 비를 만나기는 어렵다. 천둥은 공중의 전기와 땅 위의 전기 사이의 방전(放電)으로 인하여 일어나는 소리라는데, 그 자연현상이 오묘하다. 하늘과 땅 사이의 음극과 양극이 만나 전압을 높이고, 그 전류로 강한 스파크를 일으켜 천지간의 합의 소리가 하늘을 울리고 땅을 가르는 것이다. 태초에 음과 양의 합은 천둥에서 비롯된 것이 아닐까.

흐르는 전류에 감전되어 목숨을 잃는 사람은 그날의 운수와 부주의 탓일 테지만, "죄 많은 사람은 벼락 치는 날 밖에 나가지 말라."함은 하늘을 무서워할 줄 알라는 경고일 것이다. 죄를 짓고도 무신경하게 살아가는 사람들이 순간이나마 천둥 번개를 두려워하게 되니 천둥소리는 하늘의

뜻을 전달해주는 메신저라 하겠다. 이처럼 천둥 번개는 두려움과 공포의 대상이지만, 이 세상이 아름다운 것은 음과 양의 스파크 때문이 아닐까.

이 세상의 원리는 음과 양으로 나뉘어져 있지만, 음과 양의 합으로 이루어진다. 여성과 남성, 자음과 모음, 열쇠와 자물쇠, 볼트와 너트, 톱니바퀴, 똑딱단추, 나사못 등등….

이 세상의 모든 것들에 암수가 있어 서로 제 짝을 만나 조화를 이룰 때 아름다운 울림과 모양이 되고 제 기능을 발휘하게 된다. 한 번의 눈맞춤으로 세상을 열어가는 우주만물의 생성과정이 경이롭다. 나무에도 암수가 있어 꽃이 피고 열매를 맺고, 나비는 꽃을 찾아 공중을 선회하고….

아, 천둥처럼 한 순간의 스파크로 온 몸을 태울 수 있는 불꽃같은 사랑을 할 수만 있다면, 그 기막힌 교감은 생명의 환희이기도 하다.

우르르~ 꽝! 꽝!

천둥은 또 한 차례 내 머리 위에서 요동을 치더니 어느 사이 저 멀리 가서 두 방을 더 터뜨린다. 마치 이스라엘의 가자 지구에 떨어지는 폭탄소리와도 같고, 이라크 어느 마을에 떨어지는 포탄소리처럼 아득히 울려 퍼져간다. 그 하늘 아래 아비규환을 이루는 사람들의 모습이 떠오른다. 나라와 나라 간의 대립, 민족과 민족 간의 갈등은 우리의 현실이기도 해서 안타까울 뿐이다. 언제까지 서로 다른 이념의 충돌로 피를 흘릴 것인지…. 서로 다른 음과 양의 부딪

침으로 세상은 소란하고, 서로 다른 암수의 눈맞춤으로 아름다워지는 세상. 이 세상은 부조리 속에 있지만 불행 속에서 행복을 추구하듯, 부조리를 통해 적극적인 삶의 욕구를 느끼게도 된다.

오늘 신랑 신부가 천둥 번개 치는 빗속을 여행하며, 세상 만물의 원리와 조화의 상관(相關)관계를 생각하는 시간이 되었으면 좋겠다.

(2005.)

소금꽃

수입한 공업용 소금을 염전에 뿌려 천일염(天日鹽)과 섞어 팔았다는 보도가 있다. 그간에도 공업용 유해색소를 넣어 식품을 만들었다거나 고춧가루에 톱밥을 섞어 팔았다는 등, 충격적인 사건으로 믿고 먹을 수 있는 것이 없다고 한탄했었다. 요즈음에는 인간의 생체질서를 교란시키는 '환경호르몬'이라는 낯선 용어에 당혹감을 느껴왔는데, 이제는 간으로 맛을 내는 소금마저 불신의 손길이 닿았으니 끝간 데 없이 추락하는 인간의 양심이 두려울 뿐이다. 썩어가는 양심에 소금을 듬뿍 뿌려주고 싶다.

식염으로는 천일염이 으뜸이다. 암벽에 소금 층이 있는 나라도 있고, 남양군도 어느 작은 섬에는 1미터만 땅을 파면 소금이 쌓여있다고도 한다. 그러나 그 어느 것도 햇볕과 풍력으로 수분을 증발시켜 결정체로 얻은 천일염에 비할 바가 못 된다고 한다. 수입한 소금의 성분을 알 수는 없지만 공업용 소금을 밥상에 오르게 한다는 것은 개운치 않은 일이다.

내가 유독 '소금'이라는 말에 관심이 가는 것은 염전에 얽힌 사연이 있어서다. 이미 내 글에서 이야기한 바가 있지만, 유년기에서 청년기에 이르기까지 서해 바닷가의 염전은 내 생활의 일부였다. 그리고 그곳은 나의 문학의 본고장이기도 하다.

아버지는 가난이 지겨워 열여섯 어린 나이에 혈혈단신 고향을 떠나 서울로 왔다. 자수성가한 아버지가 늘그막에 고향에 내려가 마련한 터전, 그것이 염전이었다. 아버지는 농토와 정미소도 마련했지만, 중심은 염전에 두었던 것 같다.

아버지는 정규교육은 받지 못했으나 교양은 두루 갖춘 분이었다. 필체와 사무능력이 뛰어나 부청(시청)에 잠시 근무한 적이 있고, 외모 또한 출중하여 주위의 시선도 많이 받았다. 그런 아버지가 힘든 염전 일에 왜 그리 매달리셨는지 모를 일이다. 장마철에는 바닷가의 원둑이 무너져 염전이 바닷물에 잠기는 수난을 겪었고, 밤중이면 슬며시 소금 실은 트럭이 지나가는 길에 함정을 파놓고 방해하는 자들에게도 침묵하였다.

나는 차차 나이가 들면서, 아버지를 버티게 했던 힘은 고향에 대한 정과 자식이라는 버팀목 때문이었다는 것을 알게 되었다. 이따금 사랑채에서는 동네 어른들이 모여 한담(閑談)을 나누었는데, 그 은근한 말투 속에는 서울에서 일류 대학에 다니는 큰오빠와 작은오빠에 대한 자랑이 들어 있었다. 외롭게 자란 아버지에게는 방학 때면 장성한 자식들이 고향에 내려오는 것이 더없는 기쁨이기도 했다.

내가 남편될 사람과 처음 아버지를 찾아뵙고 돌아올 때였다. 아버지는 장차 사위될 사람이 타고 온 지프차에 소금한 가마니를 얹어 주셨다. 아버지가 주실 수 있는 선물은 값싸고 무거운 소금뿐이었겠지만, 소금에 담긴 의미도 함께 얹어 주셨다. 소금은 기독교에서는 신과 인간, 인간과 인간의 불변의 약속을 상징하며, 조상들은 액귀(厄鬼)와 병귀(病鬼)를 물리치는 것으로 알고 있다.

그런데 돌아오는 길에 자동차의 타이어에 바람이 빠져 고생을 했다. 남편은 그때를 떠올리며, 지금은 이 세상 분이 아닌 장인을 그리워하곤 한다. 아버지의 생활신조는 근검, 절약이었는데 내가 아버지를 따라 가려면 아직도 멀기만 하다.

사람이 자라온 환경을 벗어나기는 쉽지 않은가 보다. 바다를 좋아하는 것도 그렇고, 바닷가를 찾았다가 염전이 보이면 그리 반가울 수가 없다. 그러나 염전에서 예전처럼 활기찬 모습을 찾아보기는 힘들다. 지금의 염전들은 패잔병처럼 쓸쓸히 죽어가고 있는 모습이다. 차차 메꿔져 공업단지로 변한 곳도 있고, 폐염(閉鹽)된 곳도 많다. 힘겨운 일에 비해 터무니없이 소득이 적은 염전에 매달리는 것보다 차라리 공업단지로 바뀌어 보상을 받는 편이 나은 세상이니 문을 닫는 염전이 늘고 자연히 수입용 소금이 판을 치는 것이 아닌가 한다.

수입용 소금이 천일염으로 둔갑하는 또 다른 이유는 기후변화 때문이기도 하다. 중국 양자강 유역의 대홍수로 생긴 담수대(淡水帶)가 북상하면서 제주도 근해는 물론, 서남해 근해의 바닷물이 싱거워져 소금이 제대로 만들어지지 않는다고 한다. 이로 인해 소금농사 짓는 사람들이 피해를 보고 있고, 일부에서는 피혁가공에 쓰이는 값싼 공업용 소금을 염전에 뿌려 천일염으로 속여 팔고 있다고 한다. 황해와 제주도 근해의 저염분 현상으로 어패류가 떼죽음을 당하고 있는데, 이런 자연 재앙은 더욱 심해질 것으로 보인다.

어쨌거나 공업용 소금을 염전에 부어 식염과 섞어 판다는 것은 오랫동안 염전을 지켜온 사람들에 대한 모독이다. 나는 그 뉴스를 듣는 순간, 염전에 한을 품고 돌아가신 아버지가 생각나 울분을 느끼지 않을 수가 없었다.

한여름, 뜨거운 뙤약볕에 온종일 졸아든 바닷물이 소금꽃이 되어 순백의 보석처럼 피어오르는 모습은 글자 그대로 신비스럽다. 그것은 '순수' 그 자체인 것이다. 개펄 흙을 다져 만든 염밭에, 저장해 두었던 바닷물을 부어 하얀 소금을 걷어내는 일. 그것은 검은 것에서 흰 것을 건져 올리는 숭고한 작업이다. 거기에는 이물질이 있을 수 없다. 오직 짭조름한 맛과 향, 눈부시게 빛나는 하얀 결정체, 그것이 천일염인 것이다.

우리의 조상들은 부정한 것을 보고 듣고 입에 댔을 때 소금물로 눈과 귀와 입을 씻어냈고, 잠결에 오줌을 싸면 키를 씌워 소금을 빌어오라며 이웃에 조리를 돌려 버릇을 고치게도 했다. 소금을 부정(不淨)과 살(煞)을 씻어내는 무기로 삼아 마음의 평온을 얻었던 것이다. 소금은 이처럼 우리의 정신문화를 상징하기도 한다.

　우리 사회에는 공업용 소금이 식염으로 둔갑하듯 오합지졸이 모여 혼란을 초래하고 있다. 사회가 부패할수록 열다섯 단계를 거쳐 피어오르는 '소금꽃' 같은 존재가 필요하다. '빛과 소금'과 같은 인간이 절실한 이때에 천일염을 만들어 내는 염전의 자취가 사라진다는 것은 안타까운 일이 아닐 수 없다.

(1998.)

퀼트와 인생

무료함을 달래고 시름을 덜기 위해 퀼트(quilt)를 시작했다. 자르고, 이어 붙이고, 누비기를 5개월. 퀼트는 우리 어머니 세대가 조각천을 이용해 밥상보나 옷 덮개를 만든 것들과 흡사한 것이다. 퀼트가 서양에서 들어온 것이라지만, 그 옛날 우리의 여인네들에게도 시집 식구들과의 갈등을 희석시키는 수단으로 장롱 깊숙이 넣어둔 바느질거리를 꺼내어 땀질하던 '누비땀질'의 관행이 있었다.

초급반에서는 토끼 인형, 곰 인형, 등받이, 벽걸이 같은 소품을 다루었지만 중급반이 되면서 침대보를 만들고 있다. '인터넷 혁명' 시대에, 조각천 앞에 쪼그리고 앉아 작은 바늘과 씨름하고 있는 내 모습을 보며 남편은 한심스럽다고 혀를 찬다. 하지만 나는 날이 갈수록 퀼트하는 재미에 빠져든다. 퀼트하는 재미가 아무리 좋다 해도 인터넷 속에 들어가 많은 정보를 낚아 올리는 재미에 비할 바는 못되겠으나, 어쩌면 나는 자고 나면 벤처기업이니 닷컴이니 하는 컴퓨터와 관련된 신조어로 정신없이 돌아가는 이 세상의 어지럼증과 두려움을 퀼트하는 여유에서 위안 받고 싶은 것인지도 모르겠다. 역동적이고 속도전으로 흐르는 시대에 퀼트하는 사람은 바보스럽기 짝이 없다고 하겠지만, 과연 그런 것만은 아닐 것이다. 나 역시 시력은 점점 떨어지고 등허리가 아플 때는 손에 잡은 것만 끝내고 그만두리라 마음먹으나, 완성된 작품으로 집안을 치장하고, 한 땀 한 땀 정성을 기울여 손끝으로 만들어진 것들을 받고 기뻐하는 친구와 이웃들을 보는 것도 퀼트로 얻는 작은 행복이다.

퀼트 속에 들어가면 한없는 상상력과 조화로움을 엿볼 수 있다. 침대보는 조각천으로 만들어진 스무 장의 문양을 다시 이어 붙여야 완성된다. 그 한 장 한 장의 모양에는 주제가 붙여진다. '술취한 발자국' '꿀벌의 비상' '원숭이의 비틀림' '빛나는 보석' '실 꾸릿대' 등등….

테마가 있는 퀼트 안에서 내 인생을 본다. 곡선과 직선의 이음, 삼각과 사각의 만남, 씨줄과 날줄의 엮어짐. 서로 다른 모양과 색상의 조각들이 이어져 하나의 아름다운 조화를 이룬다. '술취한 발자국'은 그 모양새가 이리 구불 저리 비틀거려 이어 붙이기가 힘들다. 어쩌면 나도 이처럼 비틀거리며 힘겹게 삶을 이어온 것이 아니었을까. 지난 세월을 돌이켜보면 몇 번인가를 주저앉기도 하고, 또다시 일어나 나를 추스리지 않았던가. 그러나 완성된 술 취한 발자국의 문양은 절망의 늪을 헤집고 나온 '승리의 발자국'이 되어 환하게 웃고 있는 듯하다.

다시 눈을 돌려 '꿀벌의 비상'을 본다. 저 벌들은 꿀을 따기 위해 어디론가 날아가겠지. 네 마리의 벌들은 중간 지점인 홈그라운드를 뒤로 하고 각기 다른 방향으로 비상할 준비를 하고 있다. 마치 성장한 자식들이 둥지를 떠나 제 짝을 찾아 나서는 것과 같다고나 할까. 날개를 펴고 힘차게 비상하는 순간처럼 멋있는 시작도 없을 것이다. 나도 잠시 달콤했던 연애시절, 신혼시절로 돌아가 본다. 열정과 그리움으로 가슴 앓던 꿈 많던 날들이 스쳐 지나간다. '원숭이의 비틀림'은 삼각과 사각의 천을 S자로 틀어가며 연결하는데, 만들어 놓고 보니 둥근 태극무늬가 나온다. 삼각과 사각이 서로 이해하고 손잡으면 이처럼 부드러운 모양이 될 수도 있다는 것이 경이롭다. 그것은 마치 감정의 기복이 심했던 삼십대를 연상시킨다. 반목, 공허, 혼미, 방황, 파도를 타듯 오르고 내리는 굴곡이 있던 시간들이었다. 그러나 그 시련을 나는 부끄러워하지 않는다. 고통의 시기가 있었기에 빛나는 열매로 무늬진 세월을 맞이할 수 있었다.

나의 사십대는 새로운 인생의 전환기였다. 그것은 글 쓰는 일로 시작된다. 글 쓰는 일은 내게 세상을 좀더 넓게 바라볼 수 있는 안목을 키워주었고, 정신적인 풍요와 삶의 가치에 대해서 생각하는 시간을 갖게 하였다. 그러한 내면의 갈등을 글 쓰는 일로 소화시켜가며 '빛나는 보석'의 진수는 바로 그러한 행복 속에 있다는 것을 알았다.

퀼트를 보면서 인생은 별다른 정답이 없다는 것을 느끼게 된다. 삼각의 날카로움, 네모의 반듯함, 곡선의 부드러움, 그 중 어느 것이 좋고 어느 것이 나쁘다고 말할 수 없듯이 퀼트와 인생은 일치한다는 생각이 든다. 우리는 살아가는 동안 삼각의 날카로움으로 끊어야 할 일이 있고, 사각의 반듯함을 주장하다가 따돌림을 받을 때도 있다. 그저 둥글고 모나지 않게 산다는 것이 이것도 저것도 아닌 회색분자로 오해 받을 수도 있고, 원만함을 내세워 이쪽 저쪽 비위를 맞추다 한 마리의 토끼도 못 잡는 경우가 있을 것이다. 이처럼 세상은 직선과 곡선이 어우러져 사는 것인데, 이 같은 평범한 이치를 모르고 산다.

퀼트에서의 원칙은 꼭지점과 모서리의 이음새가 맞닿아야 한다는 점이다. 이 원칙을 지키지 않으면 이음매의 모서리가 옆 칸을 침해하여 모양의 균형이 깨어진다. 이와 같이 사람이 사는 일도 원칙이 필요한 것은 말할 것도 없다.

이제 나는 오십대 중반이다. 나는 '실 꾸릿대'에 실을 감듯, 지난 세월에 이어진 삶의 시간을 감고 있다. 그 실 꾸릿대에 이 세상의 경이와 고뇌가 감긴다.

(2000.)

쟁반 속 그림

내게는 금속으로 만든 손바닥보다 조금 큰 쟁반이 있다. 벌써 오래 전에 구입한 물건이라 녹슨 부분도 있어, 그만 쓰레기통에 넣을 만도 한데 그러지를 못하고 있다. 쟁반에 그려진 그림 때문이다.

야트막한 봉우리 두어 개가 그려진 산세(山勢)가 병풍처럼 둘려진 앞에 초가 한 채가 외따로 있다. 집 앞의 몇 고랑 안 되는 밭 사이로 난 길에는 아낙이 물동이를 이고 걷는 모습이 보인다. 지금도 뒷산에선 뻐꾸기가 울어대는 것만 같아 쟁반 속의 산정에 끌려가는 것이다.

살다 보면 이런 저런 일들로 상처를 받게 된다. 어떤 이는 마음에 상처를 받고서야 비로소 무언가 하나씩 알아가는 언제나 한 발 늦은 어리석음에 화가 난다고 했다. 색깔에도 여러 가지 색상이 있듯이 사람 또한 여러 부류가 있을진데, 나 역시 상처받은 마음을 쉽게 삭히지 못함은 내 속이 좁은 탓이다, 이럴 때면 북적거림에서 벗어나고 싶어진다.

요즈음엔 시골 사람들 인정도 예전같지 않아, 유독 외딴

곳에 홀로 엎디어 있는 초가를 좋아하는가 보다. 한 며칠 집안에 들어앉아 쟁반에 그려진 산정에 묻혀 평온을 얻어 본다. 물동이 이고 가는 아낙에 나를 접목시켜 보기도 하고, 발갈이 하는 남편을 눈앞에 그려보기도 한다. 지나가는 운무(雲霧)를 산허리에 잡아매어 놓고 한나절 낮잠에 취해 보면 어떨까. 집안에 못질 하나 못하는 남편이 발갈이는 할 수 있을지 의문이지만, 그래도 공장 지을 때 작업복 차림으로 인부들 틈에 뛰어들어 이곳 저곳 살피며 챙기던 것을 보면 밭갈이도 해낼 수 있을 것 같다.

어릴 때부터 눈에 익혀온 농촌 풍경이 마음에 자리잡혀 있어서, 훗날 아이들 출가시키고 남편과 둘이 될 때 쟁반 속의 그림 같은 곳을 택해 살고 싶다는 생각을 떨쳐버릴 수가 없다. 조촐한 초가삼간을 짓고 고추랑 상추를 심어 공해에 찌든 친구들을 부르고 싶다. 호롱불에 둘러앉아 지난 얘기 나누며 친구들이 며칠 묵어간다면 더욱 좋지 않은가. 뒷산에 뻐꾸기소리가 사라지고 나면 어느덧 여름이 되고, 그 여름 속에서 울어대는 매미소리가 요란하다. 매미소리가 사라질 때면 가을을 알리는 귀뚜라미소리가 들려 다시 세월의 흐름을 실감하게 한다. 하늘엔 한가로이 구름이 떠갈 테니, 그 평온함에 묻혀 책과 벗한다면 이 세상에 무엇이 부러울 게 있겠는가.

내가 시집오기 전, 친정어머니는 염전을 하시는 아버지를 따라 이른 봄부터 서해 바닷가로 내려갔고, 나는 서울에서 일하는 아이를 두고 오빠와 동생들을 돌보며 지낸 적이 있다. 앞마당에는 내가 키운 상추와 쑥갓, 아욱 등 무공해 식품이 있어서 신선한 야채를 즐길 수 있었다.

염전 일은 초봄부터 초가을까지다. 여름방학이면 서해로 내려가 한 달 간 머물렀고, 그렇게 지내고 돌아오면 시골의 정이 묻어와 추억을 음미하며 보낸다. 염전이 있는 바닷가에는 썰물을 따라 줄을 잇는 맛꾼들의 행렬과 저수지 물을 수리채로 퍼올려 염밭으로 보내는 염부들의 흥얼대는 콧노래로 하루가 시작된다. 송아지의 어미 찾는 울음과 농부들의 소 어르는 소리가 한낮의 실바람에 실려와 정겨움을 더해 준다.

해가 수평선에 닿으면, 바다로 나간 맛꾼들이 진종일 캐낸 맛살을 등에 메거나 머리에 이고, 밀려오는 물살이 뒤따라올세라 부지런히 뭍을 향해 나온다. 염전에는 낮 동안 뜨거운 햇볕에 졸아든 소금꽃을 긁어모으는 염부들의 거무레 소리와 바다 위를 나는 갈매기 떼의 지저귐이 밀려오는 바닷물 소리와 함께 어우러져 온다. 하루가 저물어가는 지평선에 이글거리는 태양이 찬란한 빛을 발하며 스며들어가는데, 그 아름다운 광경에 빠져들곤 했다. 수평선에 점점이 박힌 작은 섬들은 동화 속의 신비를 안고 손짓하는 듯해, 멀리 있는 그곳에 대한 동경으로 가슴이 설렌다. 하루가 무사히 지난 것을 감사하는 축제인 양, 동구 밖 너머 어디선가 두레소리도 정겹게 들려온다. 쟁반 속 그림에서처럼 멀리 보이는 산밑, 외따로 있는 초가집 납작한 굴뚝에서는 저녁밥 짓는 연기가 모락모락 피어올라 산 속의 정취가 물씬 풍긴다.

아버지가 돌아가신 후, 그곳은 타관처럼 되었지만 서해 바닷가의 정경들이 잊혀지지 않는다. 앉아서 산해진미를 즐길 수 있고, 걸어서 단 오 분도 안 되는 거리를 차를 타고 다니는 편안한 도회지 생활이지만, 조금만 비가와도 질퍽거리는 붉은 흙을 치대가며 다니던 시골길이 그리워지는 까닭이 무엇일까. 신발에 들러붙은 무거운 흙만큼이나 힘든 시골살림이 정겹게 느껴진다.

형형색색의 사람들 틈에 섞여 살아가자면 이따금 받는 마음의 상처도 적당히 치유할 줄 아는 융통성도 있으련만, 몇 밤을 잠 못 이루고 식욕마저 감퇴되는 체질이 불편할 때가 있다. 마음의 상처를 입고서야 비로소 하나씩 깨닫곤 하지만, 이 세상에는 내가 피해 가야 할 사람이 있는가 하면 내 쪽에서 비켜줘야 할 사람도 있다.

(1985.)

11월

11월의 하늘은 유난히 높고 청명하다. 유리알같이 맑고 투명한 하늘은 구름 한 점 없는 텅 빈 공간이다. 이기와 집착이 없는 무욕의 하늘. 그 정결한 하늘 아래 들판도 비어 있고, 붉은 기운을 토해내던 단풍나무도 앙상한 가지에 마른 낙엽을 달고 그 소임을 다해간다. 길가의 코스모스도 초췌한 모습으로 스러져가고, 풀벌레 소리도 멀어진 지 오래되었다.

바다는 격랑을 잠재우고 계곡의 물소리도 거센 숨결을 가다듬고 잔잔히 흐름을 유지한다. 11월엔 만물이 몸을 낮추고 경건히 한 해의 마무리 작업에 들어간다. 11월은 격정과 환희, 좌절과 혼란 속에 분주했던 마음을 차분히 가라앉히고 자신을 돌아보게 하는 성찰의 달이다.

11월은 여백의 계절, 적요의 계절이다. 찬란한 색채의 향연으로 가을을 찬양했던 산과 들이 황갈색의 적요에 젖어 여백의 미를 느끼게 한다. 여백에는 현란함에 가려진 순수와 진실이 있고, 겸손과 절제의 미덕이 있다. 고연한 광채로 다가오는 약속의 말씀이 있고, 한없이 고요로운 미소가 담겨있다. 11월은 봄의 시샘도 여름의 격랑도 가을의 현란함도 모두 품어 안고 잠재우는 자비의 달이지만, 모든 것 다 내어주고 빈 몸으로 지는 노을을 바라보는 허무의 달이기도 하다.

11월엔 내 안의 뜰에서 자라고 있는 체면과 꾸밈을 걷어내고 싶다. 격식과 형식에서 벗어나 텅 빈 하늘처럼 허허벌판처럼 자신의 모습을 그대로 드러내고 싶다. 불꽃같던 열망, 권태와 나태, 비애와 상처로 얼룩진 마음을 내려놓고 한없이 빈 들판을 걷고 싶다. 쏴~아 하고 볼을 스치는 찬바람과 조우하며 자유와 평안을 만끽하고 싶다.

황량한 들판을 지나 어느 마을 어귀에 들어서면, 마을을 지키는 수호신처럼 장엄하게 서 있는 해묵은 한 그루 나무 앞에 서서 묵상하리라. 수백 년 내려오는 뿌리의 전설에 귀 기울이며 영원히 시들지 않는 생명의 빛깔에서 마음의 울림 하나 얻고 싶다. 오랜 세월 한 자리를 지키고 있는 인내와 불굴의 의지를 보며, 서성이고 주춤거리던 방황의 늪을 벗어나 안정과 침묵 속에 내가 설 자리를 가늠해야겠다.

나목(裸木) 아래 쌓인 낙엽을 보료 삼아 편안히 눕고 싶다. 해마다 무성한 잎을 피워내 낙엽이 되고, 썩고 썩어 거름이 되어주는 그 희생과 사랑을 보며 낙엽은 죽음이 아니라 새 생명을 준비하는 모태임을 느낀다.

11월은 비움의 달이지만 내실을 다지는 달, 내 인생의 절기와 맞물리는 11월에 허무가 아닌 또 다른 시작을 꿈꿔본다.

11월엔 무언가에 도취되고 싶다. 가장 깊고, 오래 가고, 영원한 안정을 얻을 수 있는 도취는 무엇일까. 나와 어떤 대상이 하나가 되어 나를 몰입하고, 나를 잃고 싶다. 음악, 글, 그림, 자연, 종교 등. 그 어느 것이든….

11월엔 사랑의 동경, 사랑의 고뇌를 가슴에 그려 넣고 싶다. 가을날, 속절없이 깊어 갈 조락(凋落)의 창가에서 브람스의 현악 6중주의 가늘게 떨리는 선율을 따라 현실이 아닌 꿈속의 환상에 젖어보면 어떨까.

브람스의 음악정신은 고전주의 시대로 뻗어있지만, 북부 독일 함부르크에서 태어난 낭만주의 시대의 작곡가로 언제나 그에게서는 멜랑콜리가 묻어난다. 일명 〈아카테 6중주곡〉이라고도 불리는 이 곡에는 브람스 특유의 체취와 우수(憂愁)가 담겨있어 11월에 어울리는 사랑의 스잔함을 느낄 수 있다.

세상일로 좁아진 옹달 가슴에 11월이 들어선다. 자연의 묵시록(黙示錄)에 마음의 여백이 생기고, 브람스의 예술혼이 명상의 샘을 파놓는다. 11월엔 우리 모두 자연의 묵시록에 귀 기울이고, 심오한 예술혼에 도취되어 불후의 명작 한 편씩 남기기를 소망해 본다.

(2009.)

숙제 그리고 축제

동료 문인들이 모인 자리에서 C선생이 두통을 호소했다. 머릿속을 굵은 바늘로 '쿡쿡' 찌르는 듯한 심한 통증으로 밤잠을 설치고, 그로 인해 직장생활도 원만치 않은 모양이다. 종합검진을 받아도 아무런 이상이 없다니 미칠 지경이란다.

그는 꼼꼼하고 성실하다. 여러 가지 일에 관여해 시간의 틈새가 없는 것으로 보인다. 그렇기에 그간 쌓인 스트레스로 머릿속 회로가 엉킨 것 같다는 결론이 내려졌다. 누적된 피로를 풀기 위해 휴식을 취해도 몸은 바쁘게 움직이던 때와 같은 주파수로 돌아간다니, 인체의 구조가 두렵고 신비롭기만 하다. C선생의 병명은 '현대 문명병'이라 해야 할 것 같다.

현대 의학으로도 해결할 수 없는 병을 무엇으로 풀어야 할까. 내가 "연애를 하는 수밖에 없다."고 한마디 던지니, 동료 하나가 맞는 말이라며 훈수를 둔다. 가정이 있는 사람에게 연애를 종용하다니 어떻게 해석해야 할까. 그도 환갑을 넘겼으니 내 말뜻을 이해할 것이다. '나이 이순이 넘으면 어떤 행동을 한다 해도 도리에 어긋남이 없다'는 옛 선인의 말에 기대어 던진 농담 속의 진담. 사랑이라는 말을 넓은 의미로 받아들였을 것이라 본다.

나도 생각이 바뀌고 있다. 젊었을 때는 열정이 동반된 사랑을 꿈꾸었지만, 느낌과 교감만으로도 아름다운 인간관계를 유지할 수 있다는 것을 차츰 알겠다. 이제부터라도 좋은 감정을 마음에 담아두지 말고 표현하는 즐거움을 맛보고 싶다. 체면과 자존심 때문에, 겸연쩍어서 하지 못했던 말들을 꺼내며 살아야겠다. '좋아한다. 보고 싶다. 기다렸다. 사랑한다. 고맙다.'는 말을 인연 있는 사람들에게 전해야겠다. 이성에게도 이런 말을 편하게 할 수 있는 연륜에 이르렀다는 신호가 나의 뇌를 자극한다. 사랑하는 사람에게 '사랑한다'는 말을 못하고 정신을 놔버린다면 그보다 더 안타까운 일도 없을 것이다.

인생은 자신과의 싸움에서 이겨야 하는 고독한 레이스다. 한평생 평탄한 길만 걸어온 사람이 몇이나 될까. 나름의 고통과 슬픔, 외로움을 안고 험한 길을 걸어오느라 얼마나 지치고 힘들었을까. 나도 그 중의 한 사람이다. 지친 심신을 달래기 위해 몇 해 전 여행길에 올랐다. 호주 여행을 마치고 뉴질랜드로 향하는 비행기 좌석에 앉아 잠을 청했는데, 그 길로 깊은 수면에서 깨어나지 못했다. 뉴질랜드 병원의 응급실로 이송돼서도 무의식 상태에 빠진 채로 동행한 사람들의 애간장을 태우다가 10시간 만에 깨어났다. 각종 검사를 했지만 아무런 이상이 없다는 판정을 받았다.

당시 심한 스트레스에 시달린 나의 두뇌 회로가 가동을 멈추고 수면상태로 들어갔던 게 아니었나 싶다. 전기 콘센트에 여러 개의 플러그를 꽂으면 과부하가 일어나듯 C선생의 머릿속 회로도 이런 상태가 아닌지 염려스럽다.

이후, 나는 해결 못한 인생의 숙제로 더욱 초조하고 불안해졌다. 인생의 해답을 얻지 못해 가슴 아파하는 내게 가까운 분이 또 하나의 문제를 던져 주었다. 인생을 숙제(걱정, 근심)로 살 것인가, 축제(꿈, 희망)로 살 것인가?

그렇다. 인생을 숙제로만 살 게 아니라 축제로 살아야 한다. 숙제가 없는 인생은 무의미하지만, 풀리지 않는 걱정거리를 끌어안고 애태우며 귀한 날들을 소진할 수만은 없지 않은가. 삶이 그다지 설레거나 기쁘지 않아도 인생을 풍요롭게 하기 위해 스스로를 축제의 마당으로 밀어 넣어 새로운 추억을 만들어야 한다. 그렇게 축제 속에 살다 보면 자연히 숙제도 풀릴 것만 같다.

(2012.)

그늘

　오랜만에 친구와 케이블카를 타고 남산에 오른다. 벚꽃은 제 빛을 잃어가고, 하얀 이팝나무 꽃이 눈부시게 만개한 봄날이다.

　남산타워에 올라가 그림을 보듯 도시 안을 찬찬히 내려다본다. 하늘로 치솟은 사각의 빌딩에 작은 창문으로 숨구멍을 뚫어놓은 답답형이 대부분이지만, 드문드문 건물의 전면을 통유리로 장식하여 안에서 밖을 조망할 수 있는 개방형도 있다. 사각 빌딩의 지붕 위에 둥근 원형의 하얀 모자를 씌워 놓은 듯한 애교형이 있는가 하면 원통형으로 부드러움을 살린 건물도 있다. 크고 작은 건물들이 시간과 빛의 굴절에 따라 각기 다른 그림자를 만들고 있어 마치 건물이 살아 움직이는 것만 같다. 그 그늘에 앉아 쉬어가는 사람도 있고, 일조권과 조망권을 침해받아 건물주에게 비난의 화살을 퍼붓는 사람도 있을 것이다.

　먼 곳을 향하던 눈길을 발 아래로 돌려보면 넓은 광야에 가득 들어찬 나뭇잎의 푸른 물결로 남산의 좌우 둘레를 짐작하기 어렵다. 그 넓은 연초록의 벌판 위에 마치 빛의 은 사인 양 남산타워의 그림자가 아라비안나이트의 요술 등처럼 신비하게, 선명히 내려앉아 있다.

전망대를 좌편으로 돌아 한강 쪽을 관망하고 다시 발아래를 굽어본다. 푸른 숲 사이로 드문드문 하얀 은사시나무가 하늘을 향해 솟아있고, 물오른 이팝나무는 하얀 꽃잎을 터뜨려 한껏 부푼 몸을 풀어내고 있다. 벚꽃이 제 빛을 잃어가고 있다지만, 위에서 내려다 본 U자형의 벚꽃 길은 사람들의 시선을 끌기에 손색이 없다. "흩어지면 죽고 모이면 산다."는 말처럼, 시들어가는 벚꽃도 군단을 이루니 힘있게 보인다. 벚꽃은 남아있는 붉은 기운을 온 힘을 다해 토해내고 있는 것이다. 아마 높은 곳에서 내려다보지 않았다면 이처럼 처연한 벚꽃의 마지막 신열을 체감하지 못했을 것이다. 그 벚꽃 터널 그늘 아래에서 이 계절처럼 싱그러운 젊은이들이 떼지어 터뜨리는 웃음소리가 꽃잎 사이를 비집고 올라온다.

꽃들이 제철을 만나 아우성이지만, 그래도 남산은 화려한 꽃보다는 울창한 숲이다. 대부분 편리한 케이블카를 이용하지만 아직도 남산 숲길은 젊은 연인들의 데이트 코스로 환영 받고 있다. 손잡고 걷고, 당겨주고, 밀어 주며 숲 그늘에 앉아 잠시 쉬면서 간다. 곁에 있는 사람이 서로의 시원한 그늘이 되어 줄 것이라는 믿음으로….

나도 꽃같이 곱던 시절에는 남산을 즐겨 올랐다. 그와 숲 속 그늘에 단 둘이 앉아 있는 것만으로도 행복해 하루 종일 굶어도 배가 고프지 않던 추억이 봄날의 몽환처럼 피어오른다.

산다는 것은 그늘을 만들어 가고 그늘을 걷어내는 일이 아닐까?

언제부터인가 나도 그늘져 가고 있었다. 세월의 더께와 함께 마음의 그늘은 짙어만 가고, 내게 드리워진 그늘을 걷어내느라 그늘진 이들을 돌아볼 겨를이 없었다.

오늘, 30년 지기 벗과 마주앉아 서로의 가슴에 드리워진 그늘을 바라본다. "큰 사람의 아픔은 그만큼 크고, 그늘도 그만큼 넓다." 는데, 신은 우리에게 넓은 그늘이 되라고 큰 아픔을 주시는 걸까. 어쩌면 내게 드리워진 그늘은 그늘진 사람을 사랑하라는 연단(鍊鍛)인 것도 같아, 그늘을 피해 빛으로 다가가려고만 했던 이기심이 부끄러워진다.

우리는 지금 몇 자 깊이의 아픔으로, 몇 폭 넓이의 그늘을 만들며 살고 있는 걸까?

(2009.)

거울

　영국의 설교자이며 풍자가(諷刺家)인 죠나산 스위프트는 어느 연회에서 중년의 부인과 나란히 앉게 되었다. 그는 이 수다스런 중년 부인의 연달은 질문에 골치가 아팠다. 그 부인은 눈치도 없이 또 물었다.

　"선생님, 제가 만일 매일 아침 거울을 들여다 보고 자기의 아름다움에 도취된다면 그것은 죄일까요?"

　"아니오." 스위프트는 못마땅한 표정으로 대답했다. 그리고 한마디 덧붙였다. "그것은 죄는 아닙니다. 단지 오해일 뿐이죠."

　이같이 여성과 거울은 나이와 상관없이 불가분의 관계라 할 수 있다.

　내가 거울을 가까이 한 것은 중학교 때부터이다. 무용반에서 춤사위를 다듬으며 거울에 포즈를 비쳐 보면서 거울에 대한 의미를 느끼기 시작했다. 표현하는 동작과 얼굴 표정, 나의 모든 실체가 보이기 때문에 거울은 거짓이 없다는 것을 알게 되었다. 나는 거울 앞에서 좀 더 아름다운 모습을 만들어 보려고 애썼다. 음악에 맞춰 이러저런 모양을 구사하며 감정을 표현해 봤다.

　그 후 거울과 가깝게 된 것은 어머니날 행사의 연극 무대에 오르게 된 때였다. 학교에서는 여럿이 어울려 연습을 했기 때문에 거울을 볼 기회가 드물었다. 그러나 집에 와서는 방문을 걸어 잠그고 홀로 거울 앞에 서서 얼굴 표정을 고쳐 가며 연습을 하였다. 나의 역할은 허술한 중년 남자였는데, 남장을 하고 중절모를 쓰고 숯검정으로 수염을 그린 모습이 거울에 비쳐졌을 때 놀라웠다. 그것은 자신의 실체가 아닌, 가장된 모습의 허상이었기 때문이다.

　연극 무대에 두어 번 오르며 표정 짓기 연습을 하다 보니, 사춘기의 섬세한 감정 표현을 거울 속에 자연스럽게 그려 넣게 되었다. 내 얼굴을 마법의 천사처럼 환상의 세계로 이끌어 가는 거울이 신비롭게 느껴졌다. 거울에 비친 내 모습과 마주앉아 많은 얘기를 주고 받으며 자아 의식에 눈떠 가고 있었다. 거울을 보며 내면을 표현한 때문인지, 성격도 밝고 명랑한 쪽으로 흘러 갔다.

　이성에 눈뜨고 아름다워지고 싶다는 여성의 본능이 서서히 움터오면서 거울과 더욱 친밀해졌다. 거울 앞에 앉아 본연의 내 모습에 조금씩 덧칠을 하며 새로운 아름다움에 매료되어 갔다. 그것은 하얀 캔버스에 여러 가지 색상의 파스텔로 그림을 그리는 것과 유사한 것이었다.

　첫 월급을 받아 노란 투피스를 맞췄다. 그이와 만나던 날, 그 옷을 입고 거울 앞에 서 보았다. 조금씩 성숙해지는 모습이 두렵기도 했고 경이롭기도 했다. 화장하는 법에도 익숙해져 갔다. 젊다는 것 하나만으로도 아름답다는 말을 실감 못하고, 젊음의 바탕에 또 다른 색칠로 더욱 아름다워지고 싶었던 시절이었다.

겉을 요란스럽게 꾸미는 사람은 속이 비어 있다거나, 화장이 짙은 여자는 화장에 가려 순수함이 덜해 보인다는 말에 공감이 간 것은 거울과 친숙해진 훨씬 뒤의 일이다.

어느 날 혈기가 가신 누런 색상이 얼굴에 깔리고, 잡티가 군데군데 박혀 미세한 세포마저 열려있는 것을 거울 안에서 보았다. 나는 비로소 청바지 차림에 아무렇게나 티셔츠를 걸친 젊은이들의 신선한 아름다움이 그리워졌다. 소녀시절을 회상하며 젊은이의 옷차림을 흉내내고 거울 앞에서 보았지만 지난 날의 내 모습은 아니었다.

나이가 들수록 거울과 가까이 한다는 것이 두려워졌다. 이따금 감정에 무표정해지는 자신을 발견하며 놀라곤 한다. 거울은 겉모양만 비추는 것이 아니었다. 마음속의 물기가 메말라 가는 것이 거울 속에 비쳐왔다. 희로애락의 생체리듬이 깨어진 듯 감동을 잃어 갔다.

얼마 전 호암아트홀에서 발레 영화 ≪지젤≫을 감상했다. 무대 위의 춤보다 실감은 덜했지만, 대형 화면은 무용수가 연출해내려는 미세한 표정까지 관객에게 정확히 전달해 주는 거울 역할을 해주었다. 거울이라는 화면을 통해 영화의 줄거리에 더 가까이 갈 수 있었고, 혼신을 다해 온몸으로 표현하는 춤의 매력에 빨려 들어갔다. 무용수의 얼굴에 흘러내리는 땀방울(열정)까지도 화면은 거울처럼 세밀히 비쳐주고 있었다.

"댄서의 17년은 보통 사람의 50년과 같다."는 미하일 바리시니코프의 독백은, 불꽃 튀지 않는 춤을 춘다는 것은 공허와 방황이라는 말을 대변해 주는 듯했다. 나는 혼이 깃든 무용에 감격하여 영화를 두 번이나 감상하고도 자리를 뜨기가 아쉬웠다.

수줍음 많던 소녀로부터 성숙한 여인의 모습을 거쳐 중년이 되기까지, 나는 무엇을 잃었으며 무엇을 얻은 것일까. 불꽃처럼 살고 싶었던 젊은 날의 영혼이 스크린의 영상처럼 거울 안에 스쳐갔다.

마음은 내실을 기해야지 하면서도 자꾸 거울 앞에 서는 것은 잃어버린 것들에 대한 집착 때문인지도 모른다. 그러나 거울 가까이 가면 갈수록 미세한 주름까지 드러나는 것을 보며, 잃어버린 것에 집착하고 매달린다는 것이 얼마나 어리석은 일인가를 깨닫는다. 지나간 세월은 거울 뒷편으로 보내고, 거울에 비친 오늘의 모습에서 내가 서 있는 자리를 찾아내야 될 것 같다.

여자와 거울, 떨어질 수 없는 필연의 관계일 것이다. 다만, 여성은 거울 앞에 너무 가까워져서도 멀어져서도 안 된다는 생각이 든다.

(1988.)

불빛 행렬

이따금 저녁을 들고난 후 아파트 앞 동으로 발길을 옮깁니다. 거기에서는 연희동 쪽에서 내려오는 자동차의 불빛 행렬을 바라볼 수 있기 때문입니다. 주변은 산으로 둘러져 있고, 앞마을에는 등불이 하나 둘 켜지기 시작합니다.

내가 있는 지점에서 연희동 쪽으로 향하는 언덕은 1km 정도 떨어져 있습니다. 나는 원시의 주민이 되어 있고, 문명에 밀려난 자연의 모습으로 먼 곳의 불빛 행렬을 바라보고 있습니다. 그곳은 무질서의 현장이건만, 먼발치에서 바라보는 불빛의 행렬은 알지 못할 그리움과 동경을 샘솟게 합니다. 그 어떤 순수한 감동이 영혼 속에 정지되는 순간입니다.

나는 아름다운 불빛 행렬을 바라보며 제한된 삶의 반경에서 벗어납니다. 역겹고 불만스러운 일들로 상처받은 마음을 위로 받습니다. 방금 전까지 속을 끓이던 일들이 아주 작은 일로 소멸되기도 합니다.

산다는 것은 무엇인가요?

영광을 향해 달려가다가 어느 지점에 다다르면 사라지고

마는 저 불빛 같은 것. 언덕 위에서 전조등을 밝히며 달려오던 차들도 언덕 아래로 내려서면 어디론가 사라지고 맙니다. 그리고 그 뒤를 이어서 또 다른 차량들이 불빛을 밝히며 달려옵니다. 산다는 것도 저 불빛의 아름다움처럼 어느 선상, 어느 지점을 향한 줄달음이 아닐는지요. 진정한 영광은 보이지 않는 곳에서도 은은한 빛으로 이어지고 있다는 것을, 범인(凡人)으로서야 어찌 쉽게 깨달을 수 있겠습니까. 그것은 용기 있는 사람만이 누릴 수 있는 기쁨인 것입니다.

멀리서 바라보는 불빛의 행렬은 아름답습니다. 차량들이 자기의 노선을 지키며 질서 있게 달려오는 것 같습니다. 앞서 달려오는 차의 불빛은 영광의 깃발처럼 나부끼다가, 뒤이어 오는 자동차에게 그 영광을 넘겨주며 사라지는 것 같습니다. 사람들도 저 불빛의 행렬처럼 질서를 지키며 살아간다면 얼마나 아름다울까요. 그렇게 산다면 목소리를 높일 이유가 없을 것입니다. 그런데 그곳 역시 차선을 지키는 사람도 있지만, 앞차를 추월하며 앞서거니 뒤서거니 서로 곡예를 부리는 차들로 붐비고 있을 것입니다.

우리가 살아가는 길도 그런 것이 아닐는지요. 정도를 찾아 제 길로 가는 사람도 있고, 앞서가는 사람을 추월하는 사람이 있는가 하면 남의 눈치만 보고 있다가 샛길로 빠져나가는 사람도 있습니다. 그래서 서로 부딪치고 갈등하며 괴로워하는 것이 아니겠습니까. 모두가 최선을 다하여 살아간다지만, 항상 모순된 명제 속에 자기를 주장하는 이율배반적인 삶의 실체가 가슴 아파집니다.

이대로 오래도록 원시의 모습으로 살고 싶습니다. 자연의 모습으로 먼발치에서 문명의 불빛을 아름다움, 그 자체로만 보고 싶습니다. 그러나 이 밤이 가고 나면, 나는 또다시 문명의 이기와 싸워야 합니다. 내가 갈 길을 찾아 눈을 크게 떠야 합니다.

요즈음 읽는 책은 알베르 카뮈의 ≪안과 겉≫ 입니다. 그는 여기에서 "의식의 극한점에서 모든 것이 하나로 융합되면서 나의 생은 송두리째 버리든가 받아들이든가 해야 할 하나의 덩어리처럼 생각되는 것"이라 했습니다. 안과 겉은 하나의 덩어리인 것입니다. 인간의 안과 겉 중에서 그 어느 하나를 선택한다는 것은 삶의 배반이라는 선자의 말이 지워지지 않습니다. 자기를 보호하기 위해서는 상대를 철저히 무시해 버리는 것이 아니라 상대의 안과 겉, 모두를 수용하는 것이 최선이라 생각됩니다.

로제 키이요는 카뮈에 대해 "모든 청년이 그러하듯, 카뮈는 자신이 이곳에 있으면서 동시에 다른 곳에 있으며, 당당하면서도 유배당해 있는 것으로 느낀다."고 했습니다.

나는 지금 문명 속에 있지만 또한 원시 속에 있습니다. 혼자인 듯하지만 대중 속에 있습니다. 원시 속에 앉아 문명에 대한 그리움으로 갈증을 느끼고 있습니다. 안과 겉, 모든 것에 연민하고 있습니다.

문명의 불빛에 아름다운 동경을 보내는 것은 허영스런 기쁨입니다. 그러나 나는 종종 이 자리를 찾을 것입니다. 그것은 불빛 행렬의 아름다움에서 문명으로부터 받은 마음의 상처를 치유하고, 잠시라도 온전한 평온을 얻고 싶은 까닭에서 입니다.

(1991.)

2부

어제해의 노을

에게해의 노을

에게해에 내려앉는 석양이 보고 싶어 지중해에 갔었다. 고대문명의 발상지에 와서 일몰 타령이라니…. 룸메이트는 어이없다는 듯, 일몰은 우리나라의 서해에서도 볼 수 있다고 했다. 그러나 여행 일정상 일몰은 보기 힘들었다.

그런데 뜻밖에 에게해의 석양을 본 것은 그리스와 터키 여행을 마치고 이스탄불에서 이집트의 카이로로 향하는 비행기 안에서였다. 여행 중의 여독으로 잠시 눈을 붙이고 있는데, 옆 자리에 앉은 사람이 툭 치며 창 밖을 내다보라 한다.

아! 거기 에게해에 내려앉는 눈부신 석양의 광채가 마치 붉은 꽃잎이 물에 녹아내리듯, 그렇게 그림처럼 떠 있질 않는가. 도도하고 당당한 빛의 위세가 천지간을 물들이며 온 세상을 끌어안고 있었다. 노을의 붉은 빛이 하늘 가득히 퍼져 에게해의 짙푸른 바다 빛은 고대로부터 읊어졌던 '반짝이는 포도주 빛'으로 변해 있었다. 그 현란함 앞에 모든 것이 침묵한다. 나도 이미 그 품에 안겨 전율할 만큼 감동을 받았다. 그러나 가슴에 물결치는 감동도 2,3분 간의 짧은 순간에 지나지 않았다. 태양의 몸체는 이내 바닷물 속으로 잠겨 들고 노을도 긴 꼬리를 감추고 사라지는 것이었다. 짧은 순간이나마 잠을 깨워 석양을 보게 해 준 옆사람이 고맙기도 했고, 좀더 빨리 일러주지 않고 혼자서 일몰 광경에 빠져 있던 것이 야속하기도 했다.

초등학교 시절, 서해에서 보았던 석양의 광채는 내가 받은 최초의 충격적인 아름다움이었다. 여름방학이면 부모님이 계신 서해로 내려가 일몰 현상에 넋을 놓았다. 그 후 석양은 내 잠재의식 속에 그리움의 대상이 되어 있었다. 결혼 후 한동안 그 그리움을 떨쳐 버리려 했지만 그리움은 그대로 살붙이처럼 남아 있었다. 부모님이 안 계신 서해는 이미 타관이 되었지만, 어린 날의 추억이 서려 있는 서해 바닷가를 몇 번인가 찾은 적이 있다. 그러나 하루 해 안에 돌아오는 일정으로는 석양을 만날 수가 없었다.

서울에서도 일몰 광경은 볼 수 있다. 여의도 국회의사당 돔 지붕 너머로 내려앉는 저녁 노을에서도 그 어떤 우수와 아름다운 감동을 느낄 수 있고, 지평선을 그으며 쭉 뻗어 나간 자유로 저편에도 석양의 광채는 황홀한 무늬로 그려진다. 하지만 석양의 노을은 역시 바다를 배경으로 펼쳐질 때 그 아름다움은 극치를 이룬다. 또다시 석양을 보기 위해 모세의 기적마냥 하루에 두 번 바닷길이 열리는 제부도에 가 보았지만, 날씨 관계로 강렬한 빛을 마음에 담아 오지 못한 것이 아쉬웠다.

너무 어린 나이에 석양의 아름다움에 매료된 까닭이었을
까. 사람들은 석양을 보며 인생의 노년을 연상하는데, 내게
는 그런 석양이 희망으로 상징되었다.

석양은 지는 해가 아니었다. 맑은 날이면 어김없이 지평
선에 내려앉는 석양의 광채를 보며, 어린 마음에도 바닷속
으로 스며들어 지구를 회전하여 다시 제자리로 돌아오는
태양은 만고에 변함없는 진리라 생각했다. 그것은 하루를
열심히 빛내고 조용히 쉼터를 찾는 안식의 그림자요, 스러
지는 죽음이 아니라 또 다른 탄생을 준비하는 예비의 빛이
라 생각하였다.

지중해에 가 보고 싶다고 생각한 것은 중년이 되고 나서
였지만, 영화의 ≪지중해≫를 보고 난 후 더욱 마음이 이끌
렸다.

제2차 세계대전 중 이태리 병사 십여 명이 파병되어 간,
지중해 에게해에서 가장 멀고도 작은 미기스타 섬. 그곳에
서 병사들은 통신 두절로 3년간 고립된 생활을 한다. 그들
은 세상과 두절된 망각의 섬에서 기다리는 걸 배우며, 아름
다운 지중해 풍광과 순박한 마을 사람들에게 동화되어 간
다. '이런 시대에 살아남아 꿈을 꿀 수 있는 것은 도피뿐'이
라는 도입부의 자막처럼, 그 작은 섬은 그들이 꿈을 꿀 수
있는 도피처가 된 것이다.

전쟁이 끝난 후, 한 병사는 "방학을 끝내고 학교로 돌아
가는 기분"이라고 말한다. 그곳에서 사랑하는 여자를 얻은

병사는 처음으로 '산다는 게 실감난다'며 그대로 남아 있고, '노을을 어머니와 사랑하는 여자와 함께 보고싶다'던 병사와 성당의 벽화를 그리던 중위는 노년이 되어 다시 그 섬으로 돌아온다.

영화 속에서 평화스러움의 절정을 이루는 것은 바닷가의 황혼을 배경으로 두 병사와 마을 처녀가 함께 어우러져 춤추는 장면이었다. 삶의 무게가 힘겹게 느껴질 때면 나는 마음의 도피처로 이태리 병사와 마을 처녀가 노을을 배경으로 춤추던 장면을 떠올리곤 했다. 그리고 언젠가 한 번쯤 그곳에 가보리라 마음먹었다.

지중해 여행을 계획한 것은, 현대 속에 고대의 모습이 공존하고 있는 신화의 나라 그리스의 이름 없는 마을에 가 보고 싶은 까닭도 있었다. 그리고 그리스의 신비라 일컫는 작열하는 태양을 느끼고 싶기도 했지만, 그보다는 은연중 마음속에 자리 잡혀 있는 노을 속의 평화로움이 보고 싶다는 게 더 크게 작용하였다.

나는 일몰 속에서 평화를 느끼고 있지만 남편은 사후 세계에서 평화를 찾는 것 같았다. 언젠가 남편은 관내에 거주하는 주민들에게 특별 분양하는 묏자리를 신청하고 왔다. 결과는 낙첨이었지만 재분양의 기회를 기다리는 눈치였다. 광릉 내에는 시댁의 선산이 있고, 사후에 우리 부부도 선산 한 귀퉁이에 누울 수 있겠지만, 우리 부부는 선산쪽보다는 새로 분양하는 묘지에 묻히고 싶었다.

그러나 이제는 알 것 같다. 내가 왜 그토록 석양에 집착하고 노을을 찾아 헤매었는지를. 그것은 나의 영원한 안식처를 찾아다닌 행위였다.

이제 나는 말할 수 있다. 이 세상 생을 마감하는 날, 사후의 세계는 바다에 묻히고 싶다. 바닷물에 섞여 수평선에 닿으면, 나는 그의 넉넉한 품에 안기리라. 그리고 저녁노을의 그 찬란함을 만끽하리라.

(1996.)

주머니

코트 주머니 속에 토큰 하나가 손에 잡힌다. 나를 집까지 데려다 줄 유일한 재산이다. 그런데 왠지 허전함이 빈 주머니 속에 남는다. 평소 주머니에 무엇을 넣고 다니지는 않지만, 오늘밤 유난히 주머니가 비어있다는 허전함을 느끼는 것은 버스 안에서 지갑을 도난당한 까닭이다. 열흘간의 생활비와 주민등록증, 운전면허증 등 나를 증명할 만한 것들을 모두 잃고나니 마치 자신이 공중에 떠있는 무의미한 존재가 되어버린 느낌이다.

아무리 호랑이 코 밑의 밥풀 떼어먹는 세상이라지만, 나를 멍청히 세워놓고 감쪽같이 내 품속의 것을 실례해 간다는 건 무례 천만이다. 잃어버린 것들을 마음에서 떨어내려고 밤새 뒤척이지만 그리 쉬운 일이 아니다.

사람에겐 속에 있는 주머니가 있고 겉에 있는 주머니가 따로 있다. 그 두 주머니를 모두 채우려면 욕심은 하늘에 치닿을 것이다. 사람이 제 분수를 모르고 보이지 않는 안주머니를 채우려고 한다면 필시 나쁜 일을 해서 채울 것이 뻔한 노릇 아닌가.

우리 집 앞, 길모퉁이에는 겨우 누울 자리의 비좁은 공간을 마련하고 몇 해째 구두 수선하는 신기료 청년이 있다. 밑천이라고는 잡다한 수선도구와 석유풍로, 낡은 라디오와 그의 건강이 전부다. 혹시 다른 곳으로 떠났나 하고 내다보면 어김없이 반갑게 인사하는 청년의 얼굴은 맑고 넉넉해 보인다. 한탕주의가 만연된 사회지만, 외진 곳에서 주어진 자기 일에 열심히 사는 젊은이를 보니, 남의 것을 훔쳐다 자기의 안주머니를 채우는 도둑이 더욱 미워진다.

　그러나 도난 사건은 내게 반성의 기회를 만들어 주기도 했다. 내 형편을 내세워 이웃과 친척의 어려움에는 매끄러운 말로만 위로하지 않았는지? 길가의 걸인에게 몇 푼의 동전을 집어주거나 어쩌다 모금함에 몇 닢을 넣어주고 자선을 했노라고 자위하지는 않았는지? 본의는 아니지만, 내 주머니를 깡그리 비우고서야 돌이켜 본 내 선심의 주머니. 얼마나 인색했으면 하나님은 그런 방법으로라도 내 주머니의 것을 다른 사람에게 몽땅 털어준 것일까. 도둑은 눈에 보이지 않는 깊은 곳에 주머니를 달고, 나는 남의 눈에 잘 띄는 바깥에 주머니를 달고 다녔다는 것만이 다를 뿐, 결국 50보 100보라는 생각으로 얼굴이 붉어진다.

　우리가 태어나서 입는 배냇저고리와 죽을 때 입는 수의에는 주머니가 없다. 빈손으로 왔다가 빈손으로 가는 줄 알면서도 사람은 살아가는 동안 옷마다 주머니를 달고 다닌다.

욕심주머니·심술주머니·미움주머니·사랑주머니·꿈주머니….

인간은 실로 얼마나 많은 주머니를 달고 살고 있는가. 갓 낳았을 적에는 어머니가 주는 것만 받아먹으나, 차차 자라며 사탕 한 알이라도 제 입에 넣기에 바쁘다.

의상에도 세월 따라 주머니가 늘고 있다. 문명이 고도화되니 옷의 모양도 다양하고 주머니도 앞뒤 구별 없이 여러 개 달린다. 사람의 생각도 문명의 이기에 비례해 복잡해지고, 꿈과 희망이 커지니 마음속의 주머니도 불어나는 모양이다. 한복에는 염낭쌈지를 따로 차거나 마고자와 두루마기에 달린 주머니가 고작이었던 걸로 보아, 우리 조상들의 청렴한 지조와 풍요로운 마음가짐을 짐작할 수 있다.

누군가에게 들은 조선조 때 일화 한토막이 생각난다.

홍기섭이라는 사람은 초년고생 때부터 마음이 청렴결백한 군자였다고 한다. 참봉이라는 말단 벼슬을 하다가 친상을 당하자 고향에 돌아가 있을 때의 일이다. 가세가 곤궁해 두 끼 죽도 이어갈 형편이 못될 때 집에 도둑이 들었다. 물건을 훔치려고 들어온 도둑이 그 집의 형편이 하도 딱해서 도리어 제 돈 닷 냥을 옹기솥 안에 부조해 두고 갔다.

이튿날 아침에 부인이 솥뚜껑을 열어보니 뜻하지 않은 돈이 들어 있어서, 남편에게 하늘이 도운 상금이니 쌀을 사겠다고 알렸다. 그러자 남편은, 공것이란 세상에 없는 법이니 부정한 재물을 쓰면 하늘이 용서하지 못할 죄라고 말렸다. 홍씨는 곧 돈 잃은 사람은 찾아가라고 거리에 방을 써서 내붙였다.

도둑은 제가 쓴 선심의 결과를 보려고 홍씨집 근처를 기웃대다가 그 방을 보고 크게 놀라 당장에 자기 반성을 했다. 나는 남의 재물을 훔치는 것을 직업으로 삼고 지내는데, 이 집 주인은 남몰래 거저 생긴 돈도 주인에게 돌려주려고 하는구나. 나도 이젠 도둑질을 해선 안 되겠다고 생각을 고쳐먹었다.

그 도둑 유씨는 홍참봉 앞에 절을 하고 자초지종을 얘기한 후, 그 돈을 받아달라고 애원했다. 그러나 홍참봉은 끝내 사양하고 받지 않았다. 그 뒤로 그 두 사람은 서로 막역한 사이가 되어 홍참봉의 벼슬이 감사에 이르렀을 때 유씨도 벼슬을 시켜주었다는 얘기다.

비록 남의 것을 훔치는 도둑이지만, 철저하게 가난한 홍참봉의 양심을 통해 잃었던 자신을 도로 회수케 한 이 고사(古事)는 살벌한 세상이지만 흐뭇한 정감을 느끼게 한다.

내 행색이 홍참봉보다 나았던 모양인지 나를 쫓던 도둑은 내 가족의 생활비를 몽땅 실례해 갔다.

며칠 후, 한동네에 살고 계신 모촌 선생께서 전화를 걸어 "버스 정류장 매표소 유리창에 한 여사의 주민등록증이 방처럼 나붙었어!"라고 하셨다.

도둑이 돈만 꺼내 가고 지갑을 매표소 앞에 버린 것을 주인이 주워, 내 주민등록증을 유리창에 붙여 놓았던 것이다.

나는 도둑이 지갑을 동네 어귀에 버려줘서 주민등록증과 운전면허증을 재교부 받으러가는 수고를 덜어 준 것만도 고마웠다.

남의 물건 훔치는 것을 직업으로 삼는 사람뿐 아니라, 인생의 황금 시기에는 누구나 보다 많은 주머니를 마음에 달고 산다. 풀내음 같은 향긋한 삶을 원하면서도 때때로 세상의 먼지가 눈앞을 가려 헤맬 때도 있다. 혹 떼러 갔다가 욕심 때문에 남의 혹까지 붙이고 오는 경우는 주변에서 흔히 볼 수 있는 일이다. 그런 주머니를 달고 살기 때문에 일어나는 불행은 얼마나 많은가. 옷의 용도와 질감에 맞추어 주머니의 모양과 수효를 디자인해야 훌륭하게 옷의 효과를 낼 수 있듯이, 사람도 저마다의 분수에 맞는 마음의 주머니를 달고 살아야 하지 않을까. 자기 분수대로 주머니를 달고 채워야 함을 뒤늦게나마 깨닫게 해준 도둑에게 감사하고 싶다.

나는 내 지갑을 실례해 간 사람이 앗아간 돈을 하룻밤 술값으로 날리지 말고, 이왕이면 요긴하게 썼으면 한다. 가족의 약값이거나 아이들의 학자금으로….

크거나 작거나 간에, 마음속에 달린 욕심 주머니를 갈아달기란 힘드는 것일 테지만.

(1989.)

스물다섯 평의 행복

경기도 화성시 우정읍 운평리 산 193번지, 그곳엔 선친께서 장만해 놓은 천여 평의 야산이 있다. 여러 형제의 지분 중 내 몫으로 정해진 것은 25평. 서해 바닷가 외진 곳이어서 재산 가치가 낮아 형제 중 누군가에게 얹어주어 선심이나 쓰기에 좋을 평수다. 그럼에도 그것을 그대로 붙잡고 있는 것은 가까이에 아버지의 고향마을 '평전리'(평밭)가 있는 까닭이다.

평전리에는 내 유년기에서 청년기에 이르는 추억이 서려 있다. 그래서 언제고 불현듯 내려가 바다에 몸을 담그는 석양을 바라보며 옛일을 추억할 수 있다. 내게 주어진 손바닥만한 자리이지만, 그것이 고향과 인연 지어진 까닭에 그 줄을 놓지 못하고 있는 것이다.

화가 이중섭은 말년에 제주도 바닷가의 세 평짜리 방에서 네 식구와 지내며 그림을 그렸고, 〈몽실언니〉와 〈강아지 똥〉 같은 훌륭한 작품을 쓴 아동문학가 권정생 선생은 안동 조탑리에 있는 작고 초라한 다섯 평짜리 흙집에서 살다가 돌아가셨다. 이에 비하면 내 이름이 붙여진 스물다섯 평은 과하다 할 수 있겠다. 나도 이곳에서 그들처럼 작고 낮은 삶을 살면서 좋은 수필 한 편 남기고 싶다는 생각에 젖어 들곤 한다.

나는 요즈음, 이러지도 저러지도 못하고 그대로 붙잡고 있었던 스물다섯 평의 행복을 톡톡히 누리고 있다. 남동생이 불모지처럼 내버려 두었던 산의 일부를 개간하여 터를 잡은 지 두어 달. 스물다섯 평을 의지 삼아 이따금 이곳에 내려와 향수에 젖을 수 있겠기에 말이다. 두 주일 전에는 석양의 아름다움에 매료되어 수필 한 편을 건졌고, 오늘 두 번째 방문은 추석 명절이어서 한가윗날 휘영청 밝은 달을 바라보며 조상님께 감사하며 소원을 빌었다.

그 옛날 옹색한 살림에도 불구하고 이곳에 작은 야산을 장만하신 선친께 감사하며, 내 아들의 안위를 위한 어미의 간절하고 애타는 심정을 달님께 전했다. 달님도 이 땅 위에서 올려지는 수많은 기원 중에 자식 사랑을 으뜸으로 알고 그 기원을 들어줄 것이다.

이번 추석명절은 여느 때와는 다르게 의미가 깊다. 지난 봄에는 외가 근처에 모셨던 조부모님과 부모님, 일찍 세상을 뜬 남동생의 묘를 이장하여 이곳 선산에 납골당을 만들어 안치했다. 그 후 처음 맞는 추석명절이다. 조상들은 태어난 곳으로 돌아와 누우셨으니 한결 편안할 것이다. 그리고 남동생이 고향마을 이웃에 먼저 들어와 안주하여서, 형제들도 자연히 이곳으로 몰려와 추석명절을 맞게 된 것이다. 오랜만에 형제들과 사촌들이 한데 모여 조상님께 제(祭)를 올리고, 밤늦도록 정담을 나누며 우애를 다지는 모습들이 정겨웠다. 남동생이 집에 돌아가는 형제들에게 명절 음식을 싸서 들려 보내는 모습은, 살아계실 때의 어머니를 생각하게 한다.

도시에서도 지는 해와 달을 볼 수 있지만, 고향의 청정한 공기 속에서 바라보는 석양과 달은 그 빛깔 자체가 다르다. 휘영청 밝은 달을 바라보니, 달 밝은 밤에 바닷가의 원둑을 따라 이웃마을에 가서 참외서리를 하던 유년시절의 추억이 떠오른다. 평전리는 청주 한씨들의 집성촌이어서, 친구들은 모두 친척지간이다. 오늘이 추석 명절이니 내 또래의 친구들이 친정 나들이 길에 오를 만도 하여 마음은 자꾸 평전리로 향한다.

오후에는 성묘 다녀오는 길에 들렀다며, 평전리에 사는 친척 한 분이 자손들과 함께 동생의 집으로 들어섰다. "조카님, 계시유우~." 하고 부르는 소리가 고향에 왔다는 것을 실감나게 한다. 반가움에 뛰어나가 보니, 그 옛날 젊고 튼실했던 '흥천댁' 큰며느리(내게는 할머니뻘 되는 촌수의 어른이지만 그때는 철이 없어서 그냥 아줌니라고 불렀다)가 파파노인이 되어, 육십을 바라보는 세 아들과 그 자손들을 데리고 왔다.

얼마만의 상봉인가, 내 어릴 적 그 댁의 대부님께 귀여움 받던 생각과 어머니와 각별한 정을 나누었던 아줌니의 시어머니(노 할머니)가 생각난다. 방학 때 내가 내려오면 '서울 손님'이라 해서 이 댁 저 댁에 불려 다니며 맛있는 음식을 대접받았던 풋풋한 인정이 그립다. 그 시절의 정 많던 할머니와 아줌니들은 먼 세상으로 떠났고, 지금은 고추 내놓고 다니던 아랫대 사람들이 동네의 주인이 되어 마을을 이끌어 간다. 그래도 고향은 정다운 곳. "조카님, 계시유우~." 하는 한마디로 타관생활의 고달픔이 씻기는 듯하다.

　하늘나라에 계신 어머니도 이곳을 못 잊는가 보다. 한가윗날 휘영청 밝은 달 속에 어머니가 먼저 와 계신 듯, 달빛이 나의 몸을 부드럽게 감싸준다. 언젠가 나도 이곳에 작은 오두막을 짓고, 달님과 벗님과 밤새워 두런두런 옛이야기 나눌 날을 꿈꿔본다.

(2007.)

새우젓

요즈음 가까운 사람으로 인해 마음이 불편했는데 그래서 일까. 음식을 먹으면 그대로 속사포처럼 배설되기를 이십여 일, 거기에 감기 몸살까지 겹쳐서 힘겨운 날을 보내고 있다. 그런 중에 참석한 음악모임에서 P씨가 산지에서 올라왔다 며 작은 플라스틱 통에 담긴 새우젓을 하나씩 나눠 줬다. 살이 통통 오른 새우젓의 짭짤한 것에 입맛이 당겨 참기름과 깨소금을 섞어 오랜만에 물 말은 밥 한 그릇을 비웠다.

새우젓을 대할 때면 으레 외할머니가 생각난다. 내게 인각된 외할머니의 모습은 '꼬부랑 할머니'이다. 젊었을 적 모습은 기억에 없고, 지팡이에 의지해 사셨던 모습만이 떠오른다. 새우등처럼 굽은 허리에 지팡이를 짚고 동네를 한 바퀴 돌던 외할머니의 가쁜 숨소리가 지금도 귓가에 바람소리처럼 들려온다. 외할머니의 일생은 기다림과 그리움, 통한의 세월이었다. 동구 밖에 나가 집 떠난 자식들을 기다리고, 대문 앞에 앉아 외손들을 기다리셨다.

나의 외가는 서울 근교 고양시 삼송리에서 서삼릉 쪽으로 십 리쯤 더 들어가는 곳에 있었다. 내가 초등학교에 다닐 때만 해도 밤에는 승냥이 울음소리가 들리는 산골마을이었다. 마을에는 외지 사람들이 드물게 출입을 했는데, 한 달에 한두 번 찾아오는 새우젓 장수가 외지소식을 들을 수 있는 유일한 통로였다. 외할머니는 새우젓 장수에게 고기근을 부탁하거나 새우젓 장수가 가지고 오는 간고등어에 입맛을 붙이시곤 했다.

외할아버지는 슬하에 3남 1녀를 두고 일찍 돌아가셨다. 외가는 인근에 있는 전답을 거의 소유한 부농으로, 세 아들은 한국전쟁 때 북으로 끌려갔고 딸 하나가 나의 친정어머니이다. 외할머니는 94세에 돌아가셨는데, 돌아가실 즈음에 집안의 손자뻘 되는 사람을 양자로 들이셨다. 외할머니는 끝내 돌아오지 않는 자식들을 가슴에 묻고, 하는 수 없이 양자를 들이신 것이다. 대를 이을 손을 본 것은, 죽은 후에라도 딸에게는 제삿밥을 얻어먹지 않겠다는 관습 때문이었다. 자연히 많은 전답은 양자에게로 돌아갔다.

외할머니가 노환으로 자리 보존하고 계실 때 친정에 다니러 간 어머니에게 "새우젓이 먹고 싶다."고 하셨다던 말씀이 떠올라 마음이 아프다. 많은 재산을 양자에게 주고도 간고등어는커녕 새우젓마저도 제대로 못 받아 드신 신세가 딱하다며, 외할머니를 어리석다고 원망한 적도 있다.

외할머니를 생각하면 떠오르는 것은, 대청마루 한 켠에 모셔두었던 신주(神主)단지와 햇빛이 한지 창문을 뚫고 들어오는 머리맡에 놓여 있던 소설집 ≪옥루몽≫이나 ≪숙영

낭자전≫과 같은 고전, 그 옆에 나란히 자리한 놋쇠 재떨이와 장죽(長竹)이다. 외할머니는 집안의 윗분이기도 하지만, 동네에서도 가장 연세가 높아 모두들 어려워했다. 거기에 매무새가 깔끔하고 별반 말씀이 없는 분으로, 잎담배를 피우는 장죽으로 놋쇠 재떨이를 한 번 탁 치시거나 헛기침 한 번으로 당신의 의중을 내비치시곤 하였다.

외할머니가 인고의 세월을 버틸 수 있었던 것은 신주단지와 소설집, 담배였던 것 같다. 신주단지에 기원을 담고, 책 속에서 살아갈 길을 찾고, 가슴에 쌓인 통한을 담배 연기에 얹어 내뿜으셨던 것은 아니었을까. 살아생전에 자식을 만나야 한다는 일념으로 자신을 연단하며 강하고 준엄하게 살아오셨기에 흐트러진 모습을 볼 수 없었다. 그렇기에 할머니는 더욱 외로우셨을 것이다.

외할머니는 지팡이에 의지하였지만 총기(聰氣)가 있어, 양자를 들이기 전까지 안팎 일을 주관하셨다. 전답을 관리하는 일에서부터 해마다 겨울방학에 외손들이 가면 지척간의 일손들을 불러들여 조청과 엿을 고아 간식거리를 마련하는 일을 거르지 않으셨다. 절간처럼 적막했던 외가가 잔칫집처럼 북새통을 이룰 때는 엿 고는 날이었다. 가래떡을 구워 조청에 찍어 먹는 맛도 좋았지만, 새우젓 장수에게 특별히 주문한 조기와 간고등어를 밥 위에 얹어 쪄 주었던 맛은 지금도 혀끝에 감긴다. 살림살이의 규모로 보아 할머니의 밥상에는 늘 간간한 생선토막이 오를 것이라 여겼는데,

돌이켜 짐작해보면 홀로 받는 밥상이 뭐 그리 푸짐했으랴 싶다. 땅 한 뙈기라도 손실 없이 보존했다가 자식들이 돌아오면 돌려주려 했던 할머니의 마음을 헤아려보니, 할머니의 입맛을 돋워주던 유일한 건건이는 새우젓이었을 거라는 생각이 든다.

외할머니는 나보다 언니를 더 귀애하셨다. 언니는 학교에서 돌아오면 걸레부터 들고 마루를 닦았지만, 나는 책가방을 팽개치고 친구들을 만나러 나가는 게 우선이었다. 언니는 외가에 와서도 조신하게 집안일을 찾아 했지만, 나는 마실 나가기에 바빴으니 외할머니 눈에 들 리가 없었을 것이다. 나는 언니만 챙겨주는 외할머니에게 서운한 맘이 들어 방학이 끝나기도 전에 집에 가겠다고 서울 갈 차비를 내놓으라고 여러 번 떼를 썼다. 그러면 할머니는 "가지 마라, 가지 마라."고 낮은 소리로 나를 달래셨다. 어린 마음에도 나를 붙잡는 할머니의 낮은 목소리에 사랑이 담겨 있다는 것을 느낄 수 있었다. 나는 할머니의 은근한 사랑에 녹아 못 이기는 척 주저앉곤 했는데, 한 번은 끝까지 고집을 부려 할머니에게 차비를 타내었다.

그런데 할머니가 내 손에 쥐어준 돈은 단돈 18원이었다. 그 돈은 외가에서 십 리를 걸어 나와 버스를 타고 서울에 있는 우리 집에 오는 차 삯에서 한 푼도 안 남는 것이었다. 나는 전에 없이 버스비만 달랑 손에 쥐어준 할머니에게 "새우젓처럼 짜다."고 소리치며 그 돈을 방바닥에 팽개쳐 버렸다. 할머니는 주전부리 값은 잘라내고 달랑 차비만 쥐어주며 '갈 테면 가보라'고 내게 소리 없는 으름장을 놓았던 것이었다. 나는 다시 눌러앉아 할머니의 눈치는 아랑곳없이 밖으로 싸돌아 다녔지만, 개학이 가까워 집으로 돌아올 때면 "어여 가라."며 손을 내젓는 외할머니의 작아지는 모습에 나도 모르게 코끝이 찡해졌다.

외할머니 댁에 양자가 들어오면서부터 우리 형제들의 겨울방학 외갓집 나들이는 끝이 났다. 어릴 적 추억이 서려있던 고택은 사라졌고, 그 자리에는 신식 슬라브 집이 들어섰다. 그대로 남아있는 것은 외갓집 울대에서 나이테를 더해가는 감나무뿐이었다. 외삼촌들과 우리 형제들이 오르내리며 흔들어 대던 감나무 가지에는 해마다 붉은 감이 매달려 누군가를 기다리고 있을 것만 같다.

외할머니가 자리보존하고 계실 때부터 양자가 농지를 떼어 팔았다는 소식이 들려왔다. 그러다가 외할머니가 돌아가시자 아예 전답을 모두 팔아 서울로 이사를 했다. 남북통일이 되면 외삼촌들이 돌아와 토지를 되찾아갈 것이라며 줄행랑을 쳤다는 것이다. 외할머니는 내 결혼식을 일주일 앞두고 돌아가셨으니 벌써 40년 전의 일이다.

물 말은 밥에 새우젓을 얹어 조근조근 씹으니 짭짤하고 달착지근한 뒷맛이 개운하다. 외할머니의 성격 같은 이 맛이 마치 할머니의 사랑을 먹는 것과도 같아 또 코끝이 찡하다.

(2008.)

여름

나는 여름을 좋아한다. 여름이 한창 무르익어 제 빛깔을 낼 때 나는 살아 생동한다. 그리고 편안하다. 사람에 따라 조금씩 다르지만, 대개 좋아하는 계절을 보면 그 사람의 성격을 짐작할 수 있다. 내가 여름을 좋아하게 된 것은 유년 시절의 성장 과정에서 체질화된 듯하다.

여름이라면 산과 바다를 떠올리게 된다. 나는 산보다는 바다가 좋다. 그리고 섬을 동경한다. 바다에서 탄생부터 죽음까지의 적나라한 삶의 궤도를 보며, 온갖 일은 극에 다다르면 다시 원점으로 회귀한다는 원리를 깨닫게 된다.

바다는 여름이 제철이다. 해초류나 어패류가 여름에 쏟아져 나오고, 사람들은 잊혀진 애인을 다시 찾듯 바다로 몰려들어 그 황금기를 이룬다.

나는 초등학교 때부터 청소년기를 바닷가에서 보냈다. 그것은 일 년 중 여름방학 기간뿐이었지만, 그간에 경험한 숱한 추억들은 내 삶의 원천이 되어 샘물처럼 솟아난다.

서울에서 공부를 하며 서해 바닷가에서 염전을 하는 부모님을 찾아가는 일은 일 년 중의 큰 행사였다. 어머니에 대한 그리움과 그곳의 정서가 가슴에 물결쳐 방학하는 당일로 내려가지 못하면 몸살이 난다.

아버지는 젊은 시절에는 일본을 오가며 사업을 하시다가 늘그막에 고향에 터를 잡았다. 고향에서 염전 외에 약간의 논농사와 정미소를 운영하였지만, 내게 문학적인 영향을 준 것은 염전 쪽이다.

장마가 길면 소금 농사는 망치게 된다. 아버지는 비오는 하늘을 쳐다보며 "내가 하늘과 싸우다니, 내가 잘못이지 잘못이야!" 한탄을 하시곤 했다.

지금 생각하면 아버지는 전생에 풍류시인이 아니었나 생각된다. 아버지는 자기 중심의 고집을 버리고 하늘과 바다와 교감하며 자연에 순응하는 관조의 삶을 사셨다.

아버지는 염전에 뼈아픈 사연을 묻고 돌아가셨지만, 나는 나의 아버지가 고관대작이 아니었던 것을 다행으로 여긴다. 아버지가 만들어준 환경 속에서 문학적인 소양을 키웠고, 그로 인해 정신적으로 풍요롭게 살아갈 수 있게 된 것은 그 어떤 유형의 재물보다 값진 유산이다. 지금까지도 그때의 정서를 간직할 수 있는 것은 여름과 바다, 염전이라는 삼각의 축이 균형을 이루며 내면 깊이 사유의 감성을 키워 준 덕이다.

여름이 오면 맑은 물결의 동해보다도 갯내음 흠씬 풍기는 서해의 탁한 물결이 그리워진다. 도회적인 일상에 길들여질수록 원시적인 생명력이 배어 있는 생활이 그리워지는 것은 그곳에 깔려 있는 아버지의 삶과 내 유년의 추억들이 향수처럼 번져오는 까닭이다.

따뜻한 봄날, 염밭을 다지면서 시작된 소금 농사는 가을 추석 밑에나 마무리 된다. 소금꽃은 여름 뙤약볕과 함께 피어난다. 햇살이 뜨거울수록 다붓이 쌓여가는 소금꽃으로 해질녘 수확이 결정된다.

석양이 물드는 바닷가. 염부들의 바쁜 움직임에서 거룩하고 엄숙한 밀레의 〈만종〉이 연상되는 곳. 그곳이 서해 바닷가다.

초등학교 3학년 때쯤이었다. 학질에 걸려 온몸을 사시나무 떨듯 하면서 두꺼운 이불을 온몸에 두르고도 따가운 햇볕을 따라 몸을 옮기던 기억도 여름이 주는 추억의 한 토막이다. 여름은 뜨거울수록 여름답다는 이치를 그때 터득한 것 같다. 쓰디쓴 금계랍(학질약)과의 싸움. 간이 떨어지도록 놀래야만 학질이 떨어진다는 속설로, 낮잠 자다가 어머니께 물걸레로 매맞고 놀라던 일도 흑백 필름의 영상처럼 떠오른다. 어린 시절의 여름과 바다, 뜨거운 태양의 연상 작용에서인지 나는 은연중 여름을 탐닉하게 되었다.

몇 해 전, 태양의 축제에 다녀온 일은 잊을 수 없다. 남미의 브라질을 두 번에 걸쳐 4개월간 여행하며 태양의 정열에 매료되었다. 그곳의 더위는 우리나라와는 또 다른 태양의 열기를 느낄 수 있었다.

나는 아직도 남국의 작열하는 태양과 정열을 그리워한

다. 브라질의 삼바와 아르헨티나의 탱고, 스페인의 플라멩코를 동경한다.

브라질의 삼바는 내 체질에 맞는 것 같다. 여행기간은 마침 카니발(까나발) 축제 기간이어서 어디서나 삼바 음악이 흘러나왔다. 사람들은 해변에서도 노천카페에서도 삼바 춤으로 시간 가는 줄 모르고 있었다.

나도 밤이면 그들과 함께 그룹을 지어 삼바 춤을 배웠고, 카니발 축제에 어울려 삼바에 몸을 맡겼다. 그들의 원색적인 사랑과 관능적인 율동에 당황하면서도 긴장된 심신을 해방시키고 원시의 늪으로 달음질치고 싶었다.

사랑을 하지 않고는 인생이 무의미하다는 사람들. 나는 그들의 지상 제1의 사랑 예찬론에 전적으로 동의한다. 끊임없이 분출되는 사랑의 열정과, 유머를 알고 유쾌하게 휴식을 즐길 줄 아는 그들의 낙천적인 기질에 찬사를 보낸다. 리오데자네이로의 명소인 코카바나의 은빛 모래와 햇살이 눈부시게 부서져 내리는 산토스 해변의 반라의 젊음이 아름답다.

나는 때때로 몸속에 내재되어 있는 정열과 열기를 한순간 격렬하게 부수고 태우고 싶은 투명한 허무를 느낀다. 그것은 영화 ≪델마와 루이스≫의 마지막 장면에서 느끼는 비극적 허무에의 그리움과 흡사한 감정이다. 델마(지나 데이비스 扮)와 루이스(수잔 새런든 扮)는 절친한 사이다. 델마는 가정만 아는 순진하고 덤벙대는 평범한 여자이고, 루이

스는 개성이 강하면서도 침착한 성격의 직업여성이다.

델마는 독선적이고 파쇼적인 남편과의 숨 막히는 생활에서 탈출해 친구 루이스와 여름휴가를 떠난다. 처음으로 집을 떠나온 이 기막힌 여행에서 두 사람은 우연한 사고로 살인범과 수퍼마켓 강도가 된다.

두 사람은 경찰에 쫓기면서도 여행 중에 겪는 몇 가지 일들과 자연의 아름다움에 감동되어 이전에 느끼지 못했던 새로운 세계를 발견한다. 경찰의 추적을 받는 긴박한 상황에서도 처음으로 '깨어 있다'는 것을 느낀다는 델마와 루이스의 행복한 표정은 차라리 애조적이다.

뒤에서는 수많은 경찰차들이 거리를 좁혀오고 앞에는 그랜드캐년의 수천 길 절벽이 그들을 기다리고 있다. 그러나 그들은 깨어있는 순간이 소중스러워, 그 느낌을 간직한 채 죽음을 선택한다. 그랜드캐년의 드넓은 계곡을 향해 힘차게 허공으로 차를 날리는 델마와 루이스. 한 순간 깨어 분노하고 저항하는 그들의 광기어린 정열이 서럽기까지 하다. 우리의 삶에서 열정과 환희가 빠져나가면 울분도 광폭할 일도 함께 빠져 나가듯, 그 모든 것이 빠져나간 자리에는 허무의 빛깔만이 감돌고 있었다.

이 영화도 태양이 쏟아져 내리는 끝없는 대륙의 지열 위를 질주하며 도피하는 과정을 그렸는데, 작열하는 혹서와 서스펜스 속에서도 삶의 의미를 만끽하려는 지구촌 사람들의 여러 가지 모양이 흥미롭고 활기차다.

여름은 격정의 계절, 여름은 깨어 있다. 여름의 소리와 빛깔은 원색으로 살아나 천지간에 용트림한다. 더러는 숨김없이 드러내는 격렬한 기질이 유치하지만, 그것은 오만이 아니라 단단한 열매를 맺기 위한 몸부림이며 자신감인 것이다.

해서, 동양적인 절제나 수줍음과는 상관없이 이중 삼중으로 마음의 장막을 치는 사람들 틈에서, 여름처럼 밝고 자유분방 하나 두둑한 배짱과 맑은 감수성을 지닌 사람을 만나면 소나기를 만난 듯 시원하고 편안해진다.

이글이글 타오르는 태양 아래 19세기 정열의 화가 고흐의 해바라기가 생각나는 계절. 그의 사랑과 꿈, 고독과 번민이 빗물처럼 흘러내리는 날, 나는 여름처럼 순수하고 여름같이 유치한 사람과 만나고 싶다.

나는 십상 여름을 닮았나 보다. 누군가는 나에게 '외로움이 어울리지 않는 여자'라고 한다. 그것은 여름이 주는 강렬한 이미지 때문일 것이다. 슬픔이나 고통을 뜨겁게 껴안으며 삶을 융통성 있게 풀어나가려는 강인한 기질이 나를 밝고 명랑하게 비춘 까닭이리라.

나는 앞으로도 외로움이 어울리지 않는 여자로 살고 싶다. 8월의 태양처럼 최선을 다하는 삶이고 싶다.

(1994.)

춤꾼이 못된 이야기

누구나 자기의 인생을 아무렇게나 내팽개치고 싶은 사람은 없다. 자기의 삶을 아름답게 쌓아올리고 싶어 한다. 인생에 연습은 없다고 했듯이, 한순간도 흔들림 없이 그렇게 온전히 꼭 차게 살고 싶어 한다. 그러나 아무리 뚜렷한 목표를 세워 살아왔다 해도 자기의 삶을 되돌아보면 후회가 뒤따른다.

그때는 왜 그랬을까. 기회가 다시 온다면 하는 아쉬움이 따라 붙는다.

나는 죽어서 다시 태어난다면 '춤꾼'이 되고 싶다. 소녀 시절에는 남이 하는 것을 보면 다 좋아보여서 이것저것 하고 싶었지만, 그 중에서도 마음이 끌린 것은 무용과 연극, 문학이었다.

이제 수필가로서 내 모습을 그려보지만 이따금 내가 아닌 것 같아 낯설어질 때가 있다. 수필 쓰는 사람으로서의 의식과 나 자신의 체취와 빛깔의 특성이 부족하다고 생각될 때, 유려하고 생명력 있는 글이 되지 않아 답답할 때 나는 또 다른 예술 장르를 선망해 본다.

모든 예술이 나름대로의 고통 속에서 꽃피워 내는 카타르시스이지만, 제 스스로의 역할을 즐기며 무대 위를 누비는 춤의 정취와 멋에 이끌려가지 않을 수 없다.

예술은 장르에 따라 희로애락을 자연과 접목시켜 표현하는 기법이 다를 뿐, 자기의 인생을 정면으로 부딪치고 포용하면서 고통을 감내하는 삶의 예술이라는 근본 사상은 마찬가지라고 본다. 그렇다면 기쁨과 슬픔, 마음 깊은 골에 흐르고 있는 아픔까지도 온몸으로 표현(몸짓 언어)하는 춤의 열정에 매혹당하지 않을 수 없다. 문학이 정적(靜的)인 작업이라면 춤의 동작은 동적(動的)이어서, 어쩌면 내 기질에 더 맞을지도 모른다는 생각에 잠겨 보는 것이다.

나는 살아생전 맨발로 춤췄다는 이사도라 던컨의 자유분방한 춤사위와 정열을 부러워하지만, 그보다는 한국인의 혼의 뿌리를 배내에서부터 느껴온 토속신앙무(土俗信仰舞)에 관심이 간다. 그것은 우리 민족예술의 근본이다. 민족의 정서와 생명력을 승화시키는 것이 문학이라면, 토속신앙무에는 선인들의 정서가 배어 있다고 하겠다.

한국인은 인간 정념(情念)을 억누르는 한(恨)의 역사 속에서 살아왔다. 국가적으로는 끊임없는 외침과 사회적인 계급, 도덕적으로는 삼강오륜과 가족적인 가부장 제도에 억눌려 왔다. 한국예술은 응어리지고 매듭진 한을 푸는 해한(解恨)의 예술이다. 한국 무용의 원류를 이루고 있는 무당굿도 바로 여한 때문에 완전히 못 죽고 이승의 허공을 헤매는 망자(亡者)의 한풀이 춤이라고 한다.

우리는 어렸을 때부터 이러한 무당굿과 두레패들의 농악놀이에서 춤의 흥과 멋을 느끼며 자랐다. 농사일을 한 고비 넘기고 나면 마을 사람들이 한데 어우러져 한바탕 신명나게 놀이마당을 벌이는 민족 고유의 풍습으로 정착된 두레. 우리는 두레를 통해 서로 돕고 도타운 정을 나눌 수 있었다. 굿이 자연과의 합일이라면 농악놀이는 농사꾼을 한마음으로 엮어 주었다. 이러한 정서 속에서 어린 시절을 보낸 탓인지, 춤의 흥과 멋은 은연중 내 핏줄을 감돌고 있었던 것 같다.

나는 중학교에 입학하여 곧바로 무용반에 들어갔다. 우리 학교는 무용반의 활약도 대단했지만 전체 매스게임이 활발해서 장안의 인기를 끌었다. 부채춤과 신라 화랑도의 기상을 상징하는 칼춤은 매스게임 종목에 자주 올랐는데, 외국의 귀빈이 방한할 때면 환영 행사로 으레 부채춤과 칼춤을 선보이곤 했다.

내가 무용반에서 장구채를 잡을 즈음이었다. 칼춤이다 부채춤이다 해서 소도구를 집에 가지고 오기도 했는데, 그것이 큰오빠의 눈에 거슬렸던 모양이다. 그 당시만 해도 '춤'이 예술로서의 가치보다 천시 받는 경향이었다. 칼춤에서의 느낌이 무당을 연상시켰던지, 오빠의 반대로 무용반을 그만두지 않을 수 없었다. 그때 큰오빠의 위세는 아버지만큼 내가 두려워했던 시절이었다. 부모님들은 주로 시골에 계셨고, 우리 형제들은 큰오빠의 지시 아래 철저하게 규칙 생활을 해야 했기 때문에 큰오빠의 한마디가 엄명이었다.

나는 무용 시간만 되면 죽고 싶은 심정이었다. 신명나게 춤을 출 수 없게 되어 그것만도 억울한데, 무용반을 나온 벌로 선생님의 군밤세례를 받아야 했다. 무용 시간은 주로 운동장 수업인데, 춤동작이 틀리면 학생들에게 땅을 향해 머리를 숙이게 해놓고는 선생님은 영락없이 내 뒤통수를 쥐어박고 지나가는 것이었다. 아무도 보지 못한다고 이렇게 학생을 구박할 수 있는가 싶어 혼자서 울분을 삭히느라 힘들었다. 선생님의 군밤세례는 나를 무용반에 잡아두지 못한 아쉬움 때문이었을 것이라는 생각도 들지만, 깡마른 체격의 남자 무용 선생님의 얼굴은 잊혀지지도 않는다. 그때 만약 무용 선생님의 구박을 참아내지 못하고 다시 무용반에 복귀했다면, 지금쯤 내 모습은 어떻게 변해 있을까.

이번에는 연극 이야기다. 동양텔레비전 방송이 개국하고 제1기 탤런트 모집을 했을 때 친구와 방송국 문 앞까지 갔다가 되돌아 온 일이 있다. 무용을 못한 한을 연극으로 풀어보려 했던지, 교내 행사 때 몇 번 연극 무대에 오른 적이 있다. 그 배짱으로 방송국 문 앞까지 갔는데, 전진 못하고 돌아온 일은 용기부족이라는 변명으로 막을 내렸다. 어떤 일을 계획하고 실행할 때는 확신을 가져야 한다는 것, 그리고 실패를 겁내지 말아야 한다는 것을 그때의 경험으로 깨달았다.

연극이든 무용이든 두 예술장르는 남의 인생을 대변하는 역할이지만, 문학 중에서도 수필 장르는 자기 자신의 삶을 꾸밈없이 표현해야 하는 특색이 있어서 그 어려움이 배(倍)가 된다.

그래서 글줄이 제대로 풀리지 않아 붓방아만 찧어댈 때, 무대 위를 종횡무진하며 자기가 맡은 역할을 즐길 수 있는 '춤꾼'을 갈망해 보는 것이다.

(1995.)

숯 굽는 마을을 찾아서

추위가 코끝을 아리게 하는 1월 초순, 글 쓰는 동인들 일곱 명이 숯 굽는 마을을 찾아 나섰다. 모 방송국의 '탐사'팀으로 2박 3일 일정으로 나선 모험과 위험이 동반된 길이었다.

강원도 춘성군 동면 풍걸2리. 소양댐 공사로 고립된 첩첩 산중 마을이다. 예전에는 대낮에도 호랑이가 나물 캐는 여인을 잡아먹고 저고리를 나뭇가지에 걸어 놓았다 해서 '저고리 골'이라 부르는 깊은 산골이다. 지금도 홍천장을 보려면 3시간을 걸어 나와서 버스를 타야하기 때문에 삶은 감자로 요기를 하면서 장을 보러 나온다는 은둔의 오지 마을이다.

현지 답사차 그곳을 다녀온 방송국 PD는 험한 산길에서 하마터면 태기산 귀신이 될 뻔 했다고 우리들의 들뜬 마음에 제동을 걸었다. 그렇지만 문명의 손길이 미치지 못한 아득한 원시 속으로 탐사차 떠나는 일행은 호기심과 모험심이 발동해 위험도 감수하겠다는 표정들이다.

마을 입구까지는 고속도로로 달려왔지만, 산길 초입에서

부터 그곳까지의 구절양장(九折羊腸) 길은 자동차로 1시간 30분 정도 들어가야 한다.

때마침 내린 폭설로 산길은 마치 하얀 융단을 깔아놓은 듯하다. 일행은 차에서 내려 자동차 바퀴에 체인을 달았다. 그리고 미끄러질 것에 대비해 체중이 무거운 사람은 차의 뒤편에 앉아 자동차의 균형을 잡고 조심스러이 '느랏재' 고개를 향해 올라갔다. 아무도 내디딘 흔적이 없는 백색 무구한 산길을 올라가니, 마치 먼 태고의 순수 속으로 돌아가 마음의 때깔이 벗겨지는 듯도 싶다. 차창 아래를 굽어보면 천길 벼랑으로 아찔하지만 태기산 높은 봉우리와 산자락에 펼쳐진 설화가 너무 아름다워 위험한 산행 길이 오히려 소설 속의 설국으로 가는 것 같다는 ㅈ동인. 그의 말에 마치 전설을 찾아가듯 신비감을 더해 준다.─인적이 드문 깊은 산골에 묻혀 사는 산 사람들. 그들은 밤에 삼베를 짜고, 그 삼베를 눈빛에 널어 말린다. 눈빛에 말린 삼베옷이 가장 시원하다는데, 그 속에 음양의 법칙이 있다는 것을 깨닫게 해 주는 설국 속의 사람들이 태기산 골짜기에도 모여 사는 것만 같다.

간담을 서늘케 하는 산굽이를 돌고 돌아 해발 800m 고지 위에서 바라본 태기산의 설경, 그것은 바로 선경(仙境)의 세계였다. 거대한 태백산맥의 슬기로운 정기가 가슴 가득 감동으로 전이해 온다. 점점 더 굵어지는 눈송이를 맞으며 환호하면서도 눈발에 꺾여 내린 우람한 나무등치를 바라보면 현기증이 인다.

또 다시 굽이도는 벼랑길을 곡예하듯 내려간다. 한참을 더듬거리며 내려가니 눈밭 속에 엎드려 있는 인가가 드문 드문 보이기 시작한다. 드디어 숯굽는 마을에 당도한 것이다. 근방에는 20여 세대가 있지만 숯막을 따라 인가를 이루고 있기 때문에 한 곳에 4, 5 가구가 모여 산다. 옹기종기 모여 있는 숯막에서는 푸른빛을 띤 연기가 피어오르고 산판에는 통나무 더미가 쌓여 있다.

우리 일행을 숯 굽는 노인 신동식 씨가 반갑게 맞아 준다. 송아지만한 누렁이들도 전혀 무서운 상대를 만나지 못한 듯 낯선 사람을 봐도 짖지를 않는다.

신동식, 그는 나무가 좋아 40년 세월을 숯에 신명을 다바친 산(山) 사람이다. 연기만 봐도 숯이 익는 것을 안다는 진짜 '숯장이'다. 숯 굽는 사람도 엄연히 기술자 자격으로 해외 근로자 대열에 서는 세상이지만, 그는 세상 물욕 다버리고 산에 묻혀 숯과 사는 참 자유인이다.

그가 이십대에 강원도 참나무에 매료되어 숯가마를 차린 것이 원주 숯의 효시가 되었다고 한다. 옛날에는 돌무지식으로 구워냈으나 이십 년 전부터 개량식으로 바뀌었다며 일행을 가마 앞으로 안내해 준다.

참나무로 구워낸 것이 참숯인데, 참나무 종류도 십여 가지가 된다. 주로 물참·굴참·감참나무를 쓰는데 10년생 참나무로 구워낸 것이 특상품이다.

검다고 모두 숯이 아니다. 숯에는 흑탄과 백탄이 있는데 백탄이 가장 상품(上品)이다. 백탄은 화력이 좋고 냄새가 없으며 튀지를 않는다. 흑탄은 가마 속에서 나무가 다 탄 후 입구를 막아 공기를 차단시킨 채 그냥 꺼내는 것이고, 백탄은 굴뚝으로 가스를 연소시킨 후 하나하나 긁어내어 하루쯤 숯을 흙에 묻어 냉각시켰다가 꺼낸다. 그러면 숯 표면에 서릿발이 서린다. 백탄은 수공이 많이 들어서 질도 좋고 값도 흑탄보다 비싸다.

일행은 이장 댁에 여장을 풀고, 해질녘에 동네 사람들과 숯가마 곁에 모닥불을 피우고 둘러앉았다. 산골의 매서운 밤공기는 뼛속으로 스며들었지만 산골 사람들의 훈훈한 정으로 추위를 녹일 수 있었다. 방앗간이 있을 리 없건만 밤참으로 급히 빚은 조떡의 별미와 군감자의 구수한 내음에 젖어, 신동식 씨 칠십 평생에 얽힌 숯막 인생에 귀를 기울인다.

"어떤 사람은 팔자 좋아 고대광실 높은 집에서 금의옥식 누리는데, 이내 인생 어이하여 숯막 인생으로 저무나."

노인의 노랫가락이 유달리 외롭게 심금을 울리는 것은 무슨 까닭일까.

늦게 잠자리에 들었으나 잠은 오지 않는다. 숯 굽는 노인의 구성진 노랫가락이 귓가에 맴돌고, 쌓인 눈의 무게로 나뭇가지 부러지는 소리가 고요한 밤의 정적을 가르며 사라진다.

이튿날, 일행은 나무를 직접 나르며 숯막장에 들어가 나무를 세워 본다. 숯가마 한 막장 안에 두 트럭분의 나무가 들어가는데, 나무 밑둥을 위로 세워 쟁인다. 그것은 불길이 위로 번져 위에서 타 내려오기 때문에 숯의 무게를 지탱하기 위해서다. 채워진 숯가마의 입구를 봉하고 씨불을 붙인 뒤 백탄이 나올 때까지는 보통 5, 6일 걸린다. 숯을 굽는 기간 동안 숯장이는 간절히 기도하는 마음으로 경건히 보낸다. 그것은 도공이 혼신을 기울여 흙을 빚고 가마에 불을 당기는 지극 정성과 다를 바 없다. 숯가마의 바람 조절과 굴뚝을 잘못 닫으면 숯가마는 온통 타다 남은 잿더미가 되기 때문이다.

'죽으면 죽었지, 불똥 튀고 그을음 나는 숯은 못 내놓겠다.'는 숯노인 신씨. 숯이 검은 것은 숯장이 가슴을 깡그리 태워 만들어지기 때문이라며 숯장이의 애타는 심정을 말한다. 숯이 다 구워지면 파란 불빛이 춤을 추며 퍼져나가는데, 그 춤추는 불길 속에 숯장이의 애환과 장인 정신이 너울거리는 듯하였다. 숯이 다 되어 거둬들일 때의 조심스러운 손길은 농부가 곡식 낟알을 거둬들이는 손길과도 같다.

숯은 수용하는 힘이 대단하다. 신씨는 40년 동안 숯 먼지 속에서 살았지만 진폐증 증세는커녕 감기 한 번 앓지 않았다고 한다. 복통이 나거나 두통이 생기면 시원한 동치미 국물에 벌겋게 달아오른 숯덩이를 담가 마시면 말끔히 가신단다. 흡착성과 탈취성이 강해서 우물에 숯 한 덩이 넣으면 달리 소독을 안 해도 되고, 냉장고나 옷장 안에 넣으면 잡균과 냄새를 제거해 준다. 이러한 숯과 더불어 살아 온 때문인지, 신씨는 세상사 시름없는 사람과도 같다.

내가 위험한 산행 길에 따라나선 것은 힘겹게 살면서도 달관의 경지에 와 있는 산 사람들의 때묻지 않은 모습이 보고 싶어서였다. 그리고 땀 흘리며 노동하는 즐거움도 맛보고 싶었다.

강원도 산골 풍경은 오래도록 기억에 남을 것이다. 도시에서는 느낄 수 없는 겨울의 운치, 오랜만에 겨울다운 겨울을 맛보고 왔다.

문명과 단절된 오지에서 살고 있는 사람들에게는 미안했지만, 깊은 산골의 숯마을은 세상 물정 모르고 살아온 사람에게나, 세상 잡사에 중독된 사람들이 한 번쯤 다녀간다면 노동의 신성함도 배우고 복잡한 머릿속도 치유 받을 것 같다..

(1995.)

밤섬 아이들

여의도를 지날 때마다 이십여 년 전의 그곳 정경이 떠오른다. 한강 하류의 모래밭이었던 그곳 밤섬에는 62세대 445명이 살고 있었다. 한강 가운데 밤톨처럼 솟아 있어서 '밤섬'이라고 불렀다 한다. 이곳은 도심과는 동떨어진 섬마을로 행정 구역상으로는 마포구에 속해 있지만 생활권은 영등포에 속해 있었다.

밤섬에는 조선 초기부터 사람이 살기 시작했으며, 여의도 개발 계획으로 섬이 사라질 때까지 주민들은 부군당(府君堂)을 짓고 마을의 안녕과 평화를 기원하는 제(祭)를 올렸다. 나는 처녀시절에 그 밤섬 아이들과 함께 지낼 기회가 있었다.

밤섬 아이들은 거의가 영등포에 나가 노점상을 하는 맞벌이 부모 밑에서 자랐다. 그들 중에는 동생들을 돌보며 살림까지 해야 하는 고달픔 때문에 학교에 결석하는 애들이 많았다. 나는 그 아이들의 집을 찾아나서는 길에 한강변의 맑은 물에 발 담그며 모래밭을 걷기도 했다.

강물에 비치는 예쁜 돌무늬를 보며 고운 모래 위를 걷는 재미도 있었다. 시인 묵객들이 이 백사장을 율도명사(栗島明沙)라 해서 서호팔경(西湖八景)의 하나로 꼽기도 한 곳이다.

소녀시절, 서해 바닷가에서 보는 황혼녘 수평선의 작은 섬들의 아름다움에 매료되어 낙도의 여 교사가 되는 것이 꿈이었다. 그 꿈이 이루어져 집과 가까운 곳의 밤섬 어린들과 지내게 된 것이다.

밤섬 사람들은 장마철이면 불어나는 물을 피해 높은 지대로 올라가야 했다. 도시에는 치맛바람, 과외바람, 계바람, 투기바람이 거세게 불었지만 한강줄기 하류의 밤섬 사람들은 삶에 지친 고달픈 바람에 부대끼고 있었다. 상수도 시설이 되어 있지 않아 펌프질로 식수를 해결해야 했지만 물맛이 기가 막히도록 좋아서 도시 사람이 맛볼 수 없는 천혜를 누렸던 것 같다. 한강대교 중간에 있는 노들섬에는 납천정리(納泉井里)라 하여 이 마을 우물의 물맛이 좋아 궁중에 상납했다는데, 밤섬 사람들도 그 수맥을 타고 흐르는 물을 퍼 올려 마셨던 게 아닌가 생각된다.

밤섬 아이들은 내가 가정 방문을 하면 학교에 나오지 못하는 부끄러움 때문에 숨어버리곤 했다. 가까이 가면 나를 경계의 눈으로 바라보는 아이들과의 벽을 무너뜨리기 위해 조심스러이 아이들의 손을 고루 잡아주곤 했다.

꿈은 꿀 때에만 아름답다. 내 눈에 낙도가 아름다운 것은 먼 곳에서 바라본 때문이었을 것이다. 꿈이 현실로 올 때

거기에는 해결해야할 어려움이 있게 마련이다. 아이들에게 몇 자 글을 가르치는 것이 그리 어려운 일은 아니었다. 그보다 어려운 것은 그들과의 간격을 좁히는 일이었다.

아이들을 일렬로 세워놓고 얼굴과 손을 닦아주며 귀지도 파 주었다. 박하사탕을 슬며시 입에 넣어주기도 했고, 때로는 회초리를 들기도 했다. 남에게 사랑 받기만을 원했던 내가 남을 사랑하는 연습을 하고 있었다. 인간은 누군가를 위하여 희생하며 살아야 한다는 사랑의 원칙을 배워가고 있는 셈이었다.

한 선생은 배가 고파서 직업을 가진 사람이 아니라는 교장선생의 꾸중도 들었지만, 나의 4년간의 교육현장은 내 인생에 많은 것을 일깨워준 시기였다. 사랑으로 열린 아이들과의 만남. 내가 떠나올 때의 눈물 가득 고인 그 천진스런 모습들이 지워지지 않는다.

마포 대교를 건널 때면 으레 지난날의 밤섬 자리를 바라보게 된다. 상전벽해라더니 지금은 밤섬 자리가 어딘지조차 분간하기 어렵다. 밤섬이 사라진 모랫벌에는 철새만이 찾아 든다.

내가 밤섬에 드나들던 그 시절에는 공해라는 말이 없었다. 강물은 그냥 마셔도 좋을 만큼 맑아 가을이면 바다 밑까지 거울처럼 보였다. 봄 가을이면 철새들이 날아들었고, 겨울이면 얼음을 깬 강태공들이 낚시를 드리웠다. 밤섬이 사라지고 밤섬 아이들이 흩어진 뒤부터 한강은 변질되기 시작했다.

  지금은 한강을 되살렸다며 강물에는 유람선을 띄우고 철새들은 다시 모여든다고 한다. 하지만 친구들에게 산수 문제를 풀어주고 버스표 한 장을 대가로 받는 요즘 아이들에게서 그때의 밤섬 아이들의 마음을 되찾을 수 있을는지….

  자연의 손실은 인간의 힘으로 되찾을 수 있을 것이다. 그러나 지난날의 밤섬의 동심은 어디에서 찾을 수 있을 것인가.

  이제 내가 중년이 되었듯이 밤섬 아이들도 청년기를 지나 내 뒤를 쫓고 있을 것이다. 그들도 나처럼 어디선가 밤섬을 그리며 지내고 있는지 생각나는 날들이 있다.

(1994.)

늙은오이

아파트에는 한 주일에 한 번씩 장(場)이 선다. 오늘 점심은 무엇으로 아이의 입맛을 돋궈줄까. 감기로 밥맛을 잃은 아들놈에게 신경이 쓰여 장마당으로 나간다. 어물전 앞을 기웃거리다가 다시 야채가게로 가본다.

요즈음 식탁에 생선을 자주 올렸으니, 각종 나물을 섞어 비빔밥을 해보면 어떨까 싶어 나물거리를 살피는데 늙은오이가 눈에 들어온다. 나는 다시 늙은오이로 생채를 하면 좋겠다고 생각을 바꿔본다. 늙은오이를 채썰어 소금에 절였다가 꼬옥 짜서 초고추장에 무쳐 밥을 비벼먹던 어린 날의 미각(味覺)이 되살아났기 때문이다. 다행히 아들아이도 이 맛을 싫어하지 않아, 얼른 늙은오이 하나를 집어 들었다. 늙은오이 생채는 여름날 점심상에 빼놓을 수 없는 한국 음식 중의 하나였다.

그런데 왠지 마음이 흡족치가 않다. 어머니의 두툼하고 꺼칠꺼칠한 손등을 닮은 늙은오이로 생채를 해 먹어야 제맛이 나는 법인데, 장마당에 나와있는 오이는 늙은이의 흉내를 낸 장년(壯年)의 모습이다. 누런 빛으로 껍질을 둘렀지만 사이사이 푸른빛이 내비치고, 몸통은 하루에 한 끼 굶어가며 다듬어낸 몸매처럼 날씬하다. 겉보기에는 좋으나 안을 들여다보면 씨가 여물지 않아 풋내가 날 게 뻔하다. 그도 그럴 것이 지금은 오월, 비닐하우스에서 애오이의 태깔을 벗고 겨우 어른 티가 박히자마자 팔리러 나온 까닭이다.

인위적인 품종개량으로 장미꽃만도 1만여 종에 이른다고는 하지만 5월에 피는 장미의 빛깔이 가장 아름답듯이, 초고추장에 무쳐 밥 비벼 먹는 생채감으로는 땡볕이 내려 쬐는 한여름의 늙은오이어야 한다. 늙은오이가 영양학적으로 그다지 선호할 식품은 못되지만 수분과 섬유질이 많고 아삭아삭 씹히는 소리와 목을 타고 넘어가는 부드러운 식감, 향긋한 냄새로 입맛을 돋구기에는 손색이 없다.

우리가 자랄 때는 음식의 종류와 조리법도 단순하여 늙은오이 생채를 즐겨 먹었다. 그러던 것이 늙은오이는 서양 음식에 밀려 뒷방 신세가 되었다. 어쩌다 나 같은 중년의 눈에 띄어야만 밥상에 오를 수 있는 향수어린 음식이 된 것이다.

꽃도 제철에 피어야 제 모습이고, 과일도 오래된 나무에서 열매가 익어야 단맛이 더 난다. 홍삼도 6년근 인삼을 여러 번 찌고 말린 게 가장 좋은 것이고, 산모의 부기를 빼주기 위해 삶아 물로 내려먹는 호박도 애호박이 아니라 늙은호박이다. 대기만성(大器晩成)이라는 말도 있듯이, 이처럼 늦도록 직분을 다하는 삶이 아름답다고 생각하였다. 그래서 '원로'나 '달인'이라는 말은 그만큼 인생의 원숙한 경지에 오른 사람에게 붙이는 호칭이어서, 우리에게 교훈을 준다. 늙은오이는 우리에게 그런 것을 시사해 주고 있다. 젊은이들은 패기가 있어서 좋지만 인생을 살아온 연륜이 짧아서 늙은이들이 걱정을 한다.

어느 날, 수필 쓰는 사람들이 모인 자리에서였다. 거기에는 명예 퇴직한 사람들과 팔순을 바라보는 나이에도 학문 연구에 매진하는 노 교수가 계셨다. 그 모임의 명칭이 있었지만, 앞으로 모임의 명칭을 '늙은오이'들의 모임이라고 하면 어떻겠느냐고 내가 제의하여 한바탕 웃은 일이 있다.

젊은 사람들은 늙은이 곁에 가기를 싫어한다. 그것은 다분히 자신들의 세계와 노인의 세계가 서로 다른 까닭이기도 하지만, 노인의 경륜의 아름다움을 모르는 데서 오는 소치이다. 인생은 배우면서 살아가지만, 팔십이 넘은 분의 얘기를 들은 일이 있는데 지금도 인생을 배우면서 산다고 하였다. 그 말은 '늙음'의 의미에 무게가 실린 말이다. 늙은오이도 그런 의미에서 세월의 무게를 지니고 있는 격이니 파란 애오이의 맛에 비교할 수가 없다. 젊은이와의 사귐은 어딘가 위태로움이 따라 붙는 것 같다. 그래서 나는 늙음의 소중함과 그 여유 있는 넓은 세계와 가볍지 않은 무게에 이끌려 노인과 가까이 지내는 것을 꺼리지 않는다. 내가 늙은오이를 좋아하는 것도 그런 까닭에서라고나 할까.

(2003.)

나도 때로 담배를 피우고 싶다

　며칠 전, 경상도 지방의 M시에 갔었다. 택시를 타고 시
내를 지나다 신호등에 걸려 지체하는데 50대 초반의 기사
가 내게 밖을 내다보라고 한다. 손님도 담배를 피우느냐고
묻더니, 버스 정류장 간이의자에 앉아 담배 피우는 여자를
가리키며, 젊은 여자가 한심스럽지 않으냐는 거였다. 경상
도 지방의 보수적인 남자 눈에는 그리 보일 만도 하겠지만,
아마도 이분은 담배를 남자들의 전유물로 생각하는 모양이
다. 만약 그 자리에 남자가 앉아서 담배를 피웠다면 그리
볼썽사납게 보지는 않았을 것이다.

　내가 보기에는 40대 초반쯤의 여자로 그리 젊은 것도 아
니고, 옷차림이나 담배 피는 품으로 보아 멋으로 담배를 피
우는 것은 아니라는 생각이 들었다. 눈동자는 실성한 사람
처럼 초점을 잃었고, 펑퍼짐하게 앉은 그 여자의 주름진 치
마에는 수심이 흘러내리고 있는 듯했다. 버스 정류장의 간
이의자에 퍼질고 앉아 담배를 피우는 것으로 보아, 무슨 걱
정이 있어 담배로 마음을 달래는 것 같다며, 담배 피우는
중년 여자의 편을 들어 주었다. 우리사회의 경제적인 어려

움은 가정 파탄으로까지 이어져 살아가기 힘들다는데, 버스 정류장에 앉아 담배 피우는 여자도 그런 까닭으로 담배 연기에 시름을 얹어 보내는 것은 아닌지…. 마치 내 모습을 보는 것 같아 마음이 저려왔다.

나도 담배를 멋지게 피워보고 싶은 때가 있다. 영화에서 젊은 여성이 미끈한 다리를 꼬고 앉아 담배 연기를 멋지게 뿜어내는 모습이 아름다워 보였다. 여고 때는 문예실에 자주 들르는 총각 선생님이 있었는데, 그 선생님이 뿜어내는 담배 연기에서 낙엽 타는 냄새가 난다며 코를 벌름거리기도 했다.

젊은 여성이라면 누구나 한번쯤 세련된 모습으로 담배 연기를 뿜어내는 자신의 모습을 그려 보았을 것이다. 담배 연기에 우수와 고뇌를 실어 허공에 내뱉는 자신을 한심스럽다고 생각지는 않을 것이다. 나는 여고 교복을 벗자마자, 때는 이때다 싶어 식구들 몰래 이층 방에 올라가 문을 걸어 잠그고 연거푸 담배 세 대를 피워 보았다. 그런데 어찌나 골이 아프던지, 그 후로는 아예 담배 태울 생각은 하지 않았다. 담배도 절도 있게 피워야 하는데, 무지막지하게 굴뚝에 불을 땐 격이니 그야말로 무모한 짓이었다.

담배 피우는 모습이 멋지다거나 아름답다는 경지에 오르려면 그것도 다분히 오랜 실전의 경험을 쌓아야 한다. 담배를 끼운 손가락의 모양이나 원을 그리며 구름처럼 피어오르는 담배 연기를 만들자면 한두 번의 경험으로는 안될 것이다. 거기에 빼놓을 수 없는 것은 담배 피우는 사람의 얼굴 표정이다. 이렇게 몇 가지의 모양이 조합되어 한 편의 그림을 만들어낼 때 멋있다, 아름답다고 할 것이다. 이처럼 멋을 부려 보고 싶은 욕구로 인해 많은 여성들이 담배를 가까이하는 것은 아닐까. 담배의 참 맛이 무엇인지도 모르면서, 그저 멋으로 담배를 피우는 젊은 여성들이 늘어나기 때문에, 여자들의 담배 피우는 모습이 남자들의 눈에 한심스럽게 보이는 것은 아닐까. 아직도 우리 사회는 여성들의 음주보다 흡연을 못마땅하게 보는 경향이 있다. 그 택시 기사처럼 담배 피우는 여자는 행실이 단정치 못하다는 인상을 받기 십상이다. 그러나 가임기간의 여성들은 피해야 할 담배이기도 하다.

우리 집안에서 내가 본 여자 중에 담배를 피운 최초의 여성은 외할머니였다. 외할머니는 장죽(長竹)으로 잎담배(葉煙)를 즐기셨는데, 그 모습이 위엄이 있어 보였다. 할머니는 별로 말씀이 없으셨던 분으로, 머리맡에는 항시 소설집 ≪옥루몽≫과 ≪숙영낭자전≫ 장죽이 나란히 놋쇠 재떨이 옆에 놓여 있었다. 말대신 헛기침 한 번과 장죽으로 재떨이 한 번 탁 치면 그것으로 할머니의 의중을 알아차릴 수 있었다. 외할머니도 자식으로 인해 한(恨)이 많은 분이셨는데, 그 한을 담배로 달래셨던 것 같다.

할머니가 젊은 여자가 아니어서 그런지, 담배를 핀다고 한심스럽다는 생각이 들지는 않았다. 할머니와 어머니 시절에는 가부장제에서 오는 억압과 한풀이로 여인들에게 담배가 애용되었기 때문에, 오히려 담배 연기 속에는 여자들의 인생과 철학이 담겨 있다는 생각도 들었다. 할머니의 장죽 시절이 지나고, 어머니들은 잎담배를 종이에 말아 피우기도 했다. 이것을 궐련이라 하는데, 어머니 세대의 여자들이 쪼그리고 앉아 궐련을 빠끔빠끔 빨아댄다고 해서 핀잔을 주는 이도 없었다. 이후에 전매청에서 기계로 만든 담배가 나왔는데, 노인이 있는 집을 방문할 때는 담배를 선물하는 것을 예의로 알았다. 이렇게 담배를 나이 든 여자들의 기호품으로 인정하면서도, 젊은 여자가 담배를 피우면 부정적으로 바라보는 것은 남성우월주의에서 오는 사회적인 편견이 아닐까.

한국 여자들이 거리낌없이 담배를 피우기 시작한 것은 80년대부터가 아닌가 한다. 그 당시 민주화 운동으로 대학생들과 노동자들이 억압을 당했는데, 그들은 지배층으로부터 억압을 당하는 것이 속상해서 하나의 화풀이로 담배를 피웠을 것이다. 특수계층은 일종의 사치로 담배를 피웠고, 하류층은 스트레스를 풀기 위해서 피운 것이라고 볼 수 있을 것이다.

우연히 길가에서 밀짚모자를 쓰고 각종 곡물을 파는 중년 여자가 담배를 물고 앉아 있는 것을 보았다. 검게 그을린 얼굴과 목에 두른 얼룩무늬의 스카프, 그의 차림새는 언뜻 인디언 부족을 연상케 한다. 그의 모습에서 도회지로 나와 좌판을 벌이고 있는 원시의 여인을 보는 듯했다. 남을 의식하지 않고 담배를 물고 있는 모습이 자유롭고 편안해 보였다. 나는 새삼스러이 그 자연스러운 모습이 아름답다는 생각까지 들었다. 내 의식은 잠시나마 현실을 떠나 원시의 밀림 속에서 편안해질 수 있었다.

담배를 피우는 사람들의 이유도 제각각이겠지만 기쁠 때보다는 마음의 안정을 잃었을 때 담배를 가까이하게 된다. 작가는 상(想)을 떠올리기 위해서라고도 하고, 답답한 마음을 풀어보고 싶어서라고도 한다. 담배가 건강을 해친다는 것을 알면서도 걱정을 덜어내는 방편으로 택하는 것이라면, 그 또한 어떻게든 살아 보고 싶다는 외침이 아니겠는가. 지금 내 심정이 그렇다.

(2004.)

어머니의 길

팔순을 넘긴 친정어머니가 내 집에 오신 지 녁 달이 된다. 몇 해 전부터 딸네 집에 오시면 '이번이 마지막 다녀가는 길'이라고 하여 마음이 언짢았지만, 그 '마지막 길'이 계속 이어지니 다행이다. 그러나 이제는 어머니의 건강이 예전과 같지 않다. 지난해에 서른여덟으로 이 세상을 뜬 아들을 가슴에 묻었는데, 또 다시 여러 달째 의식 없이 병원에 누워 있는 큰딸로 인해서 어머니의 눈에는 물기가 마를 날이 없다.

그런데 어머니는 마음 놓고 우실만한 장소도 없다. 어머니의 터전이었던 친정집이 도시계획에 밀려 철거되었을 때만 해도 여러 자손들 집을 돌며 몇 달씩 묵으면 남은 세월은 여행하듯 즐거울 거라던 기대도 꿈같지만은 않았다. 그러한 어머니를 보며, 그간 출가외인이라는 핑계로 어머니께 무심했던 자책과 돌아가시기 전에 한번 어머니를 모시고 살아보고 싶다는 소망이 일었다. 내 마음을 알아차렸는지, 어느 날 불현듯 남편이 어머니를 모시고 왔다.

나는 모처럼 어머니와 다정히 앉아 정담을 나눈다. 어머니는 지금은 이 세상 사람이 아닌 외삼촌들과 어울려 지내던 유년시절을 떠올리기도 하고, 아버지가 어머니를 선보러 왔을 때 측간에 숨어서 새신랑될 사람을 훔쳐보던 일을 들려주신다. 어머니는 고추당초처럼 맵디맵던 시집살이의 서러움과 서해바닷가 고향 사람들과의 정겹고 서운했던 일들, 친정 동네 과일가게 아주머니의 고마운 인정까지 끝없이 회상을 떠올린다. 어머니의 이야기 중에는 내 어릴 적 모습이 묻어 나오기도 하는데, 나를 낳고 첫 국밥을 손수 끓여 먹고 빗물을 받아 기저귀를 빨았다는 대목에 이르면 어머니께 공연히 송구스럽고 그 진한 모정에 목젖이 아려 온다.

어머니의 이야기는 다시 내가 대여섯 살 적, 시흥에 살던 때로 돌아간다. 어머니는 어느 날 세상일 접어두고 '검지산'에 올라가 하염없이 눈물을 흘리고 있었는데, 내가 어머니를 찾아 헤매는 모습이 보이더란다. 우리집과 친척집을 잇는 신작로를 따라 지나가는 달구지를 얻어 타고 수없이 왔다갔다 하는 내 모습이 석양에 비쳐와 다시 산을 내려왔다는 어머니. 그 정경을 눈앞에 그려보면 마치 한 편의 영화를 보는 것 같아 감동에 젖어들게 된다. 어머니가 살아야 될 이유는 오직 자식 사랑하는 마음에 있다는 것을 다시금 느끼게 되기 때문이다.

어머니는 말벗이 그리웠던가 보다. 어머니의 이야기는 이미 몇 번씩 들은 것들이어서 어떤 때는 건성으로 들으며 헛대꾸를 해도 마냥 즐거워하신다. 그러한 어머니의 모습을 보며 나는 짐짓 어린애가 되어본다. 외출에서 돌아오면 어릴 때처럼 엄마를 부르며 문 열어달라 하고, 엄마와 목욕도 하고 한 이부자리에 누워 어머니의 젖가슴을 어루만지며 잠도 잔다. 어머니의 굽은 허리, 앙상한 몸매, 고르지 못한 숨소리가 마음을 아프게 하지만 그래도 어머니가 곁에 계시다는 게 다행스럽고 든든하다. 나는 입 속으로 가만히 어머니를 불러본다. 아무리 나이 먹어 어른이 된다 해도 어린애처럼 부르고 싶은 '엄마'라는 이름.

햇볕이 따뜻한 날, 어머니와 나는 산책 나갈 채비를 한다. 나는 주섬주섬 먹을 것을 챙기고 어머니는 거울 앞에 앉아 치장을 한다. 단정히 빗질한 머리에 기름을 바르고, 집에서는 불편하다고 쓰지도 않던 안경을 걸치시는 어머니. 어머니는 어머니이기 이전의 여자로 돌아가 자신의 존재를 확인하는 진지하고도 행복한 시간을 맞고 있는 것이리라. 어머니의 산책거리는 집 앞에 있는 공원이지만 지팡이에 의지해 걷는 어머니의 발걸음은 십리 길과도 같다. 집안에서는 내가 엄마라 부르며 어리광을 부리지만 집밖에 나오면 이제는 내가 어머니의 보호자가 되어야 한다.

어느 결엔가 어머니의 곁에는 어머니와 같은 노인들이 하나 둘 모여든다. 노인정에서도 반겨주지 않는 몸이 불편한 노인들은 숨겨둔 외로움을 꺼내어 동병상련의 아픔을 위로하며 떠날 날을 기다린다. 손에 쥔 것 다 남겨두고 떠나는 낙엽 같은 노인들. 이제 머지않아 나도 어머니와의 이별을 맞이해야 될 것이다.

젊은 나이에 먼저 간 동생의 죽음은 살아있는 사람들에 대한 배반이다. 하지만 동생이 어머니보다 먼저 떠난 것도, 어머니가 아직 살아 계신 것도 저마다 타고난 운명이다.

어머니와 공원벤치에 나란히 앉아 하늘을 바라본다. 하늘에는 갖가지 모양의 구름들이 모였다가는 흩어지고, 흩어졌다가는 다시 모여 어디론가 흘러간다. 어머니와 공원에 앉아 하늘을 올려다볼 때마다 만남과 이별이 화제가 되어, 강하고 슬프고 아름답게 살아온 어머니의 길을 생각하게 된다.

(1997.)

목욕하는 여자들

    일주일에 두어 번 동네 목욕탕엘 간다. 모두가 벌거벗은 편안함과 평등함이 좋고, 뜨거운 물 속에 몸을 담그고 생각에 잠기는 것도 한때의 즐거움이다. 또한 살내음 나는 여인들의 몸매를 읽어 내려가며, 그들의 몸매에서 여인들의 역사를 보는 것도 흥미롭다. 여인의 몸매는 각자 그만의 주제를 담고 있는 인생의 그림이기 때문이다. 그렇지만 시간의 흐름 속에 변해가는 모습은 나의 그림이기도 하여 관심이 모아지는 것이다.

    꽃봉오리처럼 봉긋한 유두의 부끄러움에서 나의 소녀시절을 보고, 어린아이를 끌어안고 있는 아낙네에게서 내 젊은 날을 떠올린다. 떡 벌어진 어깨와 늘어진 가슴, 층층이 주름 잡힌 배와 등판에 숨김없이 드러난 피곤의 자국에서 연민을 느끼고, 진흙 팩이나 오이를 갈아 마사지하는 여인에게서 흘러가는 시간에 저항하는 유한한 인간의 모습을 보며 아름다움을 느낀다. 등 굽은 할머니의 무너진 몸에 어머니의 인생고락이 겹쳐져 눈물이 번지기도 한다. 그러나 간혹 누드모델처럼 늘씬한 몸매의 여성이 눈에 뜨이기도 하고, 세잔의 '목욕하는 여인들'처럼 풍만한 가슴과 육감적인 둔부, 위엄 있는 분위기의 여인도 만난다.

남탕에서 보는 남성다움은 남자의 심벌인 그것에 의해서 좌우되겠지만, 여탕에서 보는 여인의 매력은 딱히 어떤 몸매가 '아름답다'는 기준을 잡을 수 없는 것 같다. 신(神)은 키 작은 여자에게 주체 못할 유방을 달아 주기도 하고, 키 큰 여자에게 작은 가슴을 달아 주기도 한다. 전체적인 균형이 조화를 이룰 때 아름답다고 하겠는데, 그것은 객관적인 판단일 뿐이다. 바람 빠진 풍선 같은 젖 주머니를 달고 있으면서도 자신만만하게 목욕탕 안을 활보하는 여자도 있는데, 이는 임신과 수유로 가슴이 작아지고 축 처지긴 했지만 모성애의 상징임으로 당당한 자세가 된다.

우리는 어린 시절을 회상할 때 먼저 어머니의 젖가슴을 떠올린다. 어머니는 고향이고 생명의 원천이기에 든든하고 그리운 대상이다. 그러므로 여자는 여자라는 자체만으로도 아름다운 존재이다.

화가들은 대부분 젊고 매끈한 각선미의 여인을 누드모델로 선호하지만, 정작 완성된 그림은 적당히 굴곡진 배와 전체적으로 볼륨 있는 풍만한 중년 여인의 몸매를 그려놓는 것을 볼 수 있다. 사랑과 그리움의 열기를 지나 슬픔과 고통이 용해된 세월의 물결을 화폭에 담는 것은, 화가가 눈에 보이는 현상만을 그리는 것이 아니라 내적인 미를 상상하며 그것에 이끌려가고 있다는 것을 말해 주는 것이 아닐까.

'육체는 영혼을 담는 그릇'이고 보면, 인생을 어느 정도 살아온 중년의 여인이야말로 '편안하고 안정된 느낌을 주는 은혜로운 몸매'의 소유자가 아닌가 한다.

이렇게 여인의 몸매에 그려진 인생의 그림을 감상한 후, 나는 물에서 나와 사우나실로 향한다. 그곳에서 잠시 땀구멍을 연 후 찜질방으로 간다. 대여섯 평 남짓한 방 안에 빼곡히 누워 있는 여인들, 그들은 알몸에 비닐을 두르고 땀빼기에 열중한다.

요즈음에는 몸에 낀 때를 벗기려고 목욕탕에 오는 사람은 드문 것 같다. 피부 미용을 위해서, 체중을 줄이려고, 혹은 온몸이 뻐근해서라는 이유를 달고 목욕탕을 애호한다.

IMF 영향으로 주부들의 물과 벗한 건강법도 달라져 간다. 목욕탕의 단골 손님들이 경제 한파 이전에는 체육관에 나가 수영을 하고 그곳 사우나에서 땀을 빼던 것을, 지금은 대중 목욕탕의 찜질방 쪽으로 대거 이동하고 있다.

이제 목욕탕은 조용히 쉴 수 있는 휴식처가 아니다. 주부들이 가장 적은 비용으로 스트레스를 해소시킬 수 있는 곳이 대중탕의 찜질방이어서 찜질방은 마실꾼이 모여드는 동네 사랑방처럼 되었기 때문이다. 그들은 수영장에서 만난 그룹도 있지만 눈인사로 시작해 자연스럽게 친근하게 지낸다.

첫 찜질방의 적정 시간은 2, 30분이지만, 살빼기 작전에 나선 사람은 한 시간 정도 참아내는 것은 어려운 일이 아니다. 그렇게 하자면 쉬지 않고 이야기를 하며 시간을 잊어야 하는 것이다. 몸에 필요한 지방질도 있는데, 저러다가 뼛속의 칼슘이 빠져 나가 고생하는 것이 아닌가 괜스레 걱정이 앞서지만 여인들의 아름다움에 대한 갈구는 그 어느 것도 장애가 될 수는 없는 듯하다.

찜질방에서 나와 마지막으로 몸을 닦는데 사람들의 목욕하는 태도에서 그 사람의 인품과 교양을 읽어내게 된다. 옆사람에 대한 친절과 배려, 예의와 절약하는 마음씀씀이가 드러나기 때문에 며느릿감은 목욕탕에 가서 골라야 한다는 말도 있다.

사람의 가치는 옷에 나타나는 것이 아니라 벌거벗었을 때 드러난다는 것을 목욕을 하며 느낀다.

(1999.)

억새꽃

끝물 단풍이 유난히 화려한 날, 예 여사한테서 난지도의 하늘공원에 가자는 전화가 걸려왔다. 보도 위의 낙엽처럼 구들 위에 모로 누워 한숨짓는 내 모습이 눈에 밟혔던가 보다.

나라는 파국지세요, 서민들의 살림에는 주름이 겹겹인데 바람막이가 부실했던 내 집안도 성할 리가 없다. 대기업의 노조 파업사태의 여파로 남편이 추진하던 일은 무산되었고, 나는 너무 속이 상해서 하늘나라에 가고 싶었다. 그 '하늘'이라는 말에 솔깃하여 주섬주섬 옷을 챙겨 입었다.

일행들과 만나 상암 올림픽경기장을 지나, 차에서 내려 이십여 분간 하늘을 향해 올랐다. 하늘과 가장 가까운 곳에 위치한 5만8천 평의 쓰레기 하치장은 억새 풀밭으로 변해 장관을 이루고 있다. 이곳이 엄청난 초지로 변해 있다는 게 놀라웠다.

난지도는 한강과 샛강인 난지천 사이에 위치한 모래섬으로, 여의도 넓이의 자연환경이 아름다운 곳이었다. 조선시대 말까지 놀잇배가 정박했고 미루나무와 물억새가 우거져 있었다. 썰물 때는 걸어서 샛강을 건너다니며 땅콩과 수수 농사를 일구던 곳이다. 물이 맑고 깨끗하여 새들의 먹이가 되는 수생(水生) 동식물이 풍부했고, 나라 일이 잘되는지 안 되는지는 이곳에 핀 꽃을 보면 알 수 있었다고 한다. 그러던 것이 근래에 들어 15년간 쌓인 쓰레기로, 해발 94m와 95m의 봉우리 없는 두 개의 높은 산으로 변했다. 그 중 한 곳의 이름이 하늘공원이다.

난지도는 각종 쓰레기에 묻혀온 외래종의 귀화식물이 집산지를 이루었는데, 쓰레기더미를 덮기 위해 흙을 쌓았더니 우리나라 재래종의 꽃들이 피어나고 있다고 한다. 꽃과 나무가 자라고 새가 지저귀는 자연으로 돌아오니 자연의 질서와 순리가 오묘하다. 난지도에는 하늘공원 외에도 노을을 바라볼 수 있는 노을공원 등, 특색 있는 공원이 여럿 들어서고 있다. 또한 쓰레기에서 나오는 가스를 처리하기 위한 안전공사가 현재 시공 중에 있다. 땅 속에 묻힌 쓰레기에서 가스를 뽑아 에너지로 사용하고 그 위에 아름다운 공원을 만들어 시민들의 휴식처를 마련해 놓다니, 이곳에 뿌려진 일손들의 고된 땀과 정성에 감복하게 된다. 가히 난지도의 기적이라 하지 않을 수 없다.

이러한 고지대에서, 쓰러질 듯 가냘픈 몸매로 서로 부둥켜안고 빽빽이 들어차 있는 억새의 의지를 보며 생명의 존귀함을 느낀다. 억새는 바람에 흔들리지만 꺾이지 않는다. 이름과는 달리 부드러운 억새의 은빛물결에서 빛나는 노후를 보는 듯하다. 제 키보다도 큰 억새밭 사잇길을 걸으며 즐거워하는 사람들에게 억새가 바람에 서걱이며 넌지시 귀띔하는 것 같다. 쓰레기는 썩고 썩어야 밑거름이 된다고, 인생도 그런 거라고.

억새밭 사잇길을 따라가 끝에 닿으니 여의도 일대가 눈에 들어오고, 가까이 성산대교 아래로 한강이 흐른다. 높은 곳에서 내려다본 한강변의 경관이 세느 강변보다 아름답다.

환경오염과 자연생태계의 파괴로 상징되었던 난지도, 이제 이곳에는 새로운 세계가 펼쳐지고 있다. 하늘나라에 있는 하늘공원도 이처럼 아름다울까. 자연적으로 이루어진 자연환경이 아니라 인간이 파괴하고 인간이 이루어낸 아름다운 쉼터에 앉아 내 마음속을 들여다본다. 내 가슴에도 살면서 쌓이는 쓰레기 같은 요소들이 있지만, 결국 마음가짐에 따라서 꽃과 나무를 심고 새들을 불러 올 수 있다는 것을 알 수 있다. 아프고 슬픈 사연 위에 아름다운 예술의 꽃이 피어나듯이, 나의 인생도 아픔 속에서 성숙해질 것이다.

삶이 고단하여 하늘나라에 가고 싶은 심정이었지만, 하늘공원에 와보니 그런 생각이 없어졌다. 바람에 흔들리지만 꺾이지 않는 억새처럼 살아야겠다. 남은 세월은 억새꽃처럼 은은한 빛깔로 살고 싶다는 생각을 해본다.

(2004.)

3부

북소리

북소리

늦은밤, 텔레비전에서 방영하는 외국영화를 보는데 사정없이 잠이 쏟아진다. 영화의 제목은 확실히 모르겠으나, 아무튼 '북을 친다'는 뜻으로 짐작된다.

영화를 보고 싶은 생각에 잠을 쫓으려 애써보지만 눈꺼풀은 무겁게 내려앉기만 한다. 그렇게 영화와 선잠 사이를 오락가락 하는데, 주인공의 아버지가 운명하면서 젊은 아들에게 남긴 마지막 말이 귀에 꽂혀 눈이 번쩍 뜨였다.

"성공한 인생은 적을 만들지 않는 것이다."

신의(信義)보다 부귀영화를 우선으로 하는 인간의 우매함을 이처럼 정곡으로 찌르는 언구(言句)가 또 어디 있겠는가. 잠결에 배운 인생 잠언으로 정신은 맑아지고, 가슴엔 깊은 감동의 물결이 파장을 일으켰다. 주인공의 아버지는 조직폭력배의 두목으로 각종 비리를 저지르며 살다가 마침내 부하의 칼에 찔려 죽으면서, 험악한 인생살이에서 얻은 깨달음을 아들에게 값진 유산으로 남겨준 것이다.

어쩌면 산다는 것은 '인간 경영'의 도정이 아닌가 싶다. 얄팍한 이해타산에 눈이 어두워 배신을 두려워하지 않는 이들에게 '사람이 자산'이라는 것을 일깨워주는 대목이라 하겠다.

영화 속의 주인공인 아들은 아버지의 삶에 저항하며, 깊은 산속에 들어가 무술로 육체를 단련하고 북을 치며 정신 수양을 쌓는 단체의 일원으로 살아가고 있었다.

젊은이 십여 명이, 북면을 아래 위로 향하게 하여 네 기둥에 걸쇠를 박아 만든 대형 북틀 앞에 서서 혼신을 다해 북을 두드린다. 북소리에 따른 신명나는 춤사위가 있는 것도 아니고 추임새가 있는 것도 아니다. 동작과 박자를 절도 있게 반복하며 진지하고 엄숙한 표정으로 힘차게 북을 두드릴 뿐이었다. 북아메리카의 독수리나 암매가 강력한 힘으로 날아올라 아름다운 날개를 펼쳐 보이듯, 하늘을 향해 웅장한 북소리를 날려 보낸다.

그들은 왜 북을 치는 것일까? 그들이 북을 치는 것은 통신수단이나 음악 표현을 위한 리듬의 장단은 아닐 터이다. 그렇다면 동물이나 적을 위협하여 격퇴시키기 위함일까. 그도 아니라면 북소리를 천지간에 가득 채워 중생의 어리석음을 깨우치고 일심(一心)의 원천으로 되돌아갈 것을 소망하는 주술일 것도 같다.

북소리는 어머니 뱃속에서 처음 들은 심장 뛰는 소리처럼 내 눈과 귀와 가슴을 동시에 뻥 뚫리게 한다.

멀리서 북소리가 들려온다. 사람으로 인해 마음에 상처받고 신산해지는 날, '성공한 인생은 적을 만들지 않는 것'

이라는 말이 북소리에 실려 오는 듯하여 미움과 분노를 잠
재우곤 한다.

(2008.)

부부지정

모촌 선생님, 어제는 피곤하여 초저녁잠에 들었습니다.

한숨 자고 일어나 컴퓨터 앞에 앉으니 새벽 1시입니다. 창밖은 어제 내린 눈으로 설원을 이룬 듯하고, 눈 위에 내리비치는 달빛은 오욕을 씻어줍니다.

저는 하릴없이 컴퓨터를 열어 여기저기 들여다보다가 '국내 산문'으로 시선을 고정시킵니다. 오늘은 선생님의 대표작 〈오음실주인(梧陰室主人)〉과 김소운 선생의 〈가난한 날의 행복〉을 읽어 봅니다. 이미 이 작품들은 수없이 묵독하여 그 내용이 눈앞에 영화 필름처럼 돌아가지만, 읽을수록 은근하고 푸근한 부부의 정을 느낄 수 있어 미소가 흐릅니다. 이 두 작품은 가난한 날을 회상하는 부부의 이야기가 공통점이군요. 오늘 유독 이 두 작품에 마음이 가는 것은, 어제 사모님과 전화통화를 한 뒤끝이기도 하거니와 어느덧 제 처지가 이 작품 속의 주인공들과 비슷한 연배에 와 있는 까닭이기도 합니다.

〈오음실주인〉을 읽을 때마다 각기 다른 문구에 감흥을 얻곤 하는데, 오늘은 "구차한 살림 속에서 오동나무의 현덕

만큼이나 드리워진 아내의 그늘을 의식한다."라는 구절과 "무료하면 오동나무를 쳐다보게 되고, 그럴 때마다 찌든 내 집에 와 뿌리를 내린 오동나무가 그저 고맙기만 하다."는 문구가 마음에 와 닿습니다. 오동나무와 사모님을 비유하여 아내에 대한 사랑과 고마움을 내비치신 깊고 따뜻한 마음을 읽을 수 있었습니다.

선생님 떠나신 지도 여러 해가 지나고, 사모님 건강도 전과 같지 않습니다. 지난겨울에는 이웃의 친척집에 오셨다가 제 집에 잠시 들르신 적이 있는데, 추위에 몸을 움츠린 탓도 있지만 사모님의 음성과 몸놀림이 예전 같지가 않았습니다. 어제 전화 목소리에도 힘이 없으신 듯했는데, 선생님 떠나시고 난 후에 사모님은 아마도 제 마음이 가 닿은 그 두 문장을 붙들고 사셨을 것이란 짐작이 듭니다. 가정을 꾸린 지 3, 40년쯤 되면, 아무리 소갈머리 없는 아낙일지라도 남편이 그동안 내게 와 고생 많았다고, 40년간 새벽밥 해주느라고 수고했다고 하면, 여자는 그 한마디를 붙잡고 남은 생을 차지게 살겠지요. 그 당연한 말 한마디 듣지 못한 여인들은 외롭고 공허한 마음을 붙잡아줄 끈이 없을 것 같습니다.

김소운 선생의 〈가난한 날의 행복〉에도 세 부부의 모습이 그려져 있는데, 마지막 등장하는 부부의 모습이 가장 인상적입니다. 사업에 실패한 남편이 사과 장사를 하려고 춘천에 갔다가 사정이 생겨 삼 일이 지나도록 집에 돌아오지를 않자, 아내는 남편을 찾아 춘천엘 가지요. 어렵게 만난 남편과 함께 춘천을 떠나 서울을 향하는 차 속에서 남편은 한 번도 아내의 꼭 쥔 손을 놓지 않았습니다. 그 시절에는 세 시간 남짓 걸리는 경춘선이었습니다. 아내는 후일 먼저 세상을 뜬 남편을 생각하며 이렇게 말했습니다.

"이제 아이들도 다 커서 대학엘 다니고 있으니 그이에게 조금은 면목이 선 것 같아요. 제가 지금까지 살아올 수 있었던 것은 춘천서 서울까지 제 손을 놓지 않았던 그이의 손길, 그것 때문일지도 모르지요." 여인은 조용히 웃으면서 그렇게 말을 맺었다고 합니다.

"행복은 반드시 부와 일치하지 않는다."는 말은 결코 진부한 일편의 경구만은 아니라고 작자는 결론짓고 있습니다. 행복은 인간의 보편적인 소망이고, 가난했던 날의 빛나던 행복을 잊지 말아야겠다는 작자의 의지가 핵심입니다. 어떤 이유에서건 힘들 때 버팀목이 되어준 사람의 보석 같은 마음을 잊지 않아야 된다는 것이겠지요. 사랑은 자신보다 상대방을 먼저 생각하는 것이고, 행복은 사랑 속에 존재한다는 것을 느끼게 해줍니다. 진정한 의미의 행복은, 황금만능에 젖어있는 사람들에게 경각심을 심어줄 것이라 생각됩니다.

위에 열거한 두 편의 수필에서는 부부간의 은근한 정(情)을 느끼게 됩니다.

저도 나이가 저물어 가니 부부지정의 소중함이 절로 느

껴집니다. 몸살감기로 힘든 요즈음, 남편은 자다가 슬며시 일어나 따뜻한 꿀물을 타다 말없이 제 앞에 내밀곤 합니다. 그 마음이 따뜻한 꿀물 같아 지난 세월 묻어둔 미움이 녹아 내리는 듯합니다. 절실한 그리움도 애절한 아픔도 빠져나 간 빈자리에 연민과 이해로 싹트는 눈물의 꽃, 부부지정이 란 이런 것이 아닌가 생각해 봅니다.

눈 위에 내리비치는 달빛이 정겨운 밤입니다.

(2011.)

물들이기

10월 중순, 열 명의 문우들과 한 차에 몸을 싣고 경기도 북부에 있는 포천을 향해 간다. 포천이라 하면 이동 갈비와 막걸리가 유명하고, 경기도의 금강산이라 하는 운악산(雲岳山)이 있다. 운악산은 암봉이 구름을 뚫을 듯 높이 솟아 아름답지만 돌이 많은 험악한 산으로도 널리 알려져 있다.

서울에서 두어 시간 달려 포천에 도착했다. 금강산도 식후경이라고, 출출한 배를 채우고 가까이 있는 사찰 '흥용사'에 올랐다.

하늘은 구름 한 점 없이 맑고, 따스한 햇볕에 바람도 순한 시월 한 날, 그리 크지 않은 흥용사 마당에 둘러앉았다. 주지 스님은 보이지 않고, 태어난 지 두어 달쯤 된 고양이 네 마리가 절 마당을 뛰어다니며 우리를 맞는다. 운악산 품에 안겨 있는 절간은 숨죽인 듯 고즈넉하고, 빛바랜 불당에서 고옥(古屋)같은 옛 정취가 묻어난다. 주변의 나무들은 아직도 초록의 가슴앓이에서 완전히 벗어나지 못하고, 산으로 올라가는 계곡의 길목엔 수십 년은 됨직한 키 큰 고사목이 장승처럼 서있어 눈길을 끈다. 저 나무도 오랜 세월

붉은 단풍으로 그 화려함을 뽐내며 산행하는 이들을 즐겁게 해 주었으련만, 무슨 연유로 저리 검게 변해 버렸는지….

멀리 산등성을 타고 내려오는 황갈색의 단풍. 어디를 보아도 무리지어 붉게 물든 단풍은 보이지 않고, 간간히 노랑색 단풍과 붉은 주황의 단풍이 가을이 오고 있음을 알려준다. 나무 잎에는 녹색의 엽록소와 붉은 색의 카로틴, 노란색의 크산토필 이라는 색소가 있는데, 기온이 떨어지면서 엽록소가 사라지고 차츰 보이지 않던 노란 빨간색의 색소들이 드러난다고 한다. 이처럼 순차적으로 드러나는 색소는 마침내 핏물처럼 붉은 단풍으로 온 산을 물들이게 되는 것이다. 늦더위로 단풍이 더디기도 하지만 한수 이북지방은 도토리나무, 오리나무, 상수리나무 같은 관목들이 주종을 이루고 있어 더욱 황갈색이 짙은가 보다. 지금 오대산과 설악산에는 단풍이 한창이라는데…. 아쉬움을 달래주듯, 이따금 햇빛을 받은 단풍이 나뭇가지 사이로 빨간 잎을 반짝이며 손짓을 한다. 일주일 쯤 더디 찾아왔다면 손을 대면 델 것 같은 빨간 단풍과 만날 수 있었을 텐데. 허나 황갈색의 적요에 젖어 있는 운악산의 가을은 화려함 뒤에 숨은 여백의 미가 있어 그런대로 운치가 있다.

가을은 물들이는 계절, 물드는 계절이다. 만산홍엽이 사람들을 설레게 하는 이 계절에 내 마음에 물든 이들을 떠올려본다. 그리고 새롭게 물들어 가는 이들을 생각한다. 올가을 유행하는 군복디자인의 여성복은 두어 번 물들이면 되지만, 사람의 마음에 드는 물은 두 세 번의 수작업으로는 이루어지지 않는다. 수십 년의 뿌리를 타고 올라와 가슴에 은은한 색깔로 새겨진 이, 기쁘거나 쓸쓸할 때 나뭇가지 사이로 얼굴을 내밀고 빨간 단풍처럼 웃어주는 이, 운악산의 단풍처럼 황갈색으로 누릇누릇 물들어 가는 이, 오랜 세월의 인연을 내려놓고 산그늘처럼 사라져간 이. 그들은 내 인생을 오색의 색깔로 물들이고 있다.

노랗게 물들어 가는 나무를 올려다보니 나뭇잎은 위에서부터 아래로, 가장자리에서 가운데를 향하여 햇빛을 받은 부분부터 서서히 물들어 가고 있다. '햇빛'이라는 사랑을 많이 받은 부분부터 허물을 벗는 단풍잎. 단풍잎이 어느 날 갑자기 한꺼번에 붉어진 것이 아닌 것처럼 사람의 마음에 물드는 색소도 여러 해를 두고 서서히 스며든 정(情)의 무늬일 게다.

평소 '그가 나의 친구가 되어준 것을 고마워 한다'면 필시 그의 마음엔 내가 곱게 물들어 있을 것이다. 아마 계곡 입구에 서있는 고사목은 화려한 단풍이었을 때 저를 보며 환호하는 이들에게 "내가 너의 친구가 되어준 것을 고마워하라."고 교만을 부리다가, 삭풍이 부는 날 아무도 찾아주는 이가 없게 되자 외로움에 스스로 말라 죽은 것은 아니었을까.

오늘 함께 차를 타고 가을 여행을 하는 이들은 내 마음에 어떤 빛깔로 물들어 가는 걸까. 그리고 나는 그들의 마음에 어떤 무늬를 만들어 주게 될까? 그들은 햇빛을 받은 나뭇잎처럼 색깔의 변신을 위해 서걱거리며 가을을 합주하고 있다.

가을 단풍처럼 은근히 마음을 데워주는 사람이 생각나 문자 메시지를 보낸다.

"당신의 친절이 고마워 그리움으로 물들어가네."

(2014.)

꽃을 바라보며

올해도 베란다의 군자란은 붉은 봉오리를 열고 있다. 꽃도 제철을 따져가며 피는 세상이 아니건만, 우리 집 베란다의 군자란은 십여 년이 넘도록 늘 이맘 때에 봉오리를 열어 봄을 알리고 있다. 그 모습이 변덕스럽지 않고 까탈스럽지 않아 더욱 고맙고 정이 간다. 마치 오래도록 다정한 미소를 건네주는 사람의 수수한 마음 같아, 요란한 양란이나 품격 있는 동양란이 부럽지 않다. 몇 년에 한 번 화분갈이를 해 주거나 부엽토로 영양보충만 해 주면 뿌리의 번식도 왕성하여 그간 여러 사람에게 분양해 주었다.

꽃을 찾아 나설 기회가 많지 않아 베란다에 여러 가지 꽃나무를 들여놓고 완상하는 편인데, 나는 은연중 꽃에서 사람을 느끼곤 한다. 만개한 군자란은 그 됨됨이로 보아 감정의 일렁임을 거침없이 드러내거나 그렇다고 참고만 있지도 않아, 감성과 이성의 균형을 이룬 사람을 보는 것 같다.

호접란 카틀레야는 그 모양과 색상이 화려하고 오묘하여 천하일색 양귀비 같고, 선인장과의 크라슐라는 그 꽃이 마치 밥풀처럼 작고 연약해 방금 탯줄 자른 아기를 연상하게 된다.

꽃은 모양보다는 향기에 생명이 있다. 꽃이 진 후에 남는 건 향기다. 그 향내가 남아 아련한 그리움에 젖게 하니, 꽃은 지는 것이 아니라 마음 안에 피어 있다. 마치 입안에 오래도록 향이 남아 그 여운을 즐길 수 있는 와인처럼, 사람과의 사귐에도 생김보다 인품의 향내에 끌리게 된다. 사람은 떠났어도 그 존재감은 오래도록 지속성을 유지하게 되는 것도 이러한 이치에서다. 나도 필시 닮은꼴의 꽃이 있겠지만, 내가 과연 꽃의 향기까지 닮을 수 있을까 생각하니 스스로 꽃에 비유하는 마음이 부끄럽기만 하다.

봄맞이로 농업공판장의 꽃시장에 나가 일년초 십여 분을 들여왔다. 그런데 관리 소홀 탓인지 한 달이 채 못 되어 시들어버렸다. 아무래도 다년생 꽃나무가 자생력이 강해 기르기에도 편하고 해마다 꽃을 피워주니 기다림도 생긴다. 우리의 인생도 흔적 없이 사라지는 풀꽃 같은 존재지만, 아름다움을 맘껏 뽐내지도 못하고 흔적 없이 사라지는 일년초보다 기왕이면 뿌리가 남아 다음해를 기약하는 다년생 꽃나무가 되고 싶다. 그것은 긴 겨울동안 아픔을 견뎌낸 뿌리와 가지들이 봄이 되어 이 세상을 향해 꽃망울을 터뜨리는 함성에 삶의 희열을 느끼기 때문이다.

지난해에 피었던 꽃을 기다리듯 누군가를 그리워하고, 무언가를 꿈꾸는 삶은 그런대로 세월의 무상함을 달래준다. 또한 꽃이 필 때마다 닮은꼴의 사람이 떠오르니 삶의 원동력이 될 수도 있겠다. 군자란이 봉오리를 열면 수십 년 간 나를 염려해 주는 무던한 친구가 찾아올 것 같고, 봄볕 아래 카틀레아가 화려하고 매혹적인 꽃잎을 드러내면 한 마리 나비가 되어 그리움의 날개를 달아본다. 그렇게 그리 움의 울타리를 벗어나 보고 싶은 사람을 찾아나서는 것도 꽃필 무렵이다.

얼마 전 가까운 분에게서 풍란 한 분을 선물 받았다. '금 루각'이라 이름 붙여진 자그만 풍란은 기온에 매우 민감한 가보다. 금루각이라 부르는 것은 난초 잎의 노릇노릇한 빛 이 금을 칠한 대궐집의 단청 같다 하여 그리 이름 붙여진 것이라 한다. 이 풍란을 이사 온 기념으로 받은 것인데, 가 온(加溫)이 필요한 겨울동안을 그 댁의 온실에서 보내고, 이사 온 지 수개월이 지나서야 넘겨받게 되었다. 그분은 많 은 종류의 풍란에 빠져 자식 거느리듯 품고 사는데, 내가 꽃 욕심으로 그 중 하나를 청해 받은 것이다. 그분은 흔쾌 히 내 청을 받아들였지만, 내 집에서 겨울을 나게 되면 동 사할까 염려되어 해를 넘겨 봄이 올 즈음에야 건네준 것이 다.

그동안 말을 꺼내 놓고도 애지중지하는 것을 달라고 했 나 후회했다. 그러나 오월쯤이면 꽃이 필 것이라 하니 어떤 모양과 색상으로 나를 즐겁게 해 줄는지 기대가 된다. 이것 을 햇볕과 바람이 잘 드나드는 창가에 놓고 3, 4일에 한 번 씩 샤워를 시키라는 말대로 그리하고 있지만 그것에 묶여 있는 마음이 편치 않다. 나이가 들면서 사람이건 식물이건 까다로운 건 질색이어서 걱정거리 한 가지를 더 만든 건 아닌지 지레 겁이 나기도 했다.

법정 스님이 무소유로 떠돌다가 친구로부터 선물받은 화분으로 소유에 대한 개념에 묶여 불편했다던 심정에 견줄 바는 못 되지만, 꽃피기를 기다리면서 꽃에 묶여 있는 마음이 편치 않은 것은 무슨 심사일까. 잠시 풍란을 바라보는 마음이 혼란스럽다.

그렇게 꽃피기를 기다리던 풍란이 가느다란 꽃대를 밀어 올리고 머리를 풀어헤치듯 하얀 꽃잎을 늘어뜨리고 있다. 그 모습이 단청에 금칠한 대궐집의 마님을 닮지 아니하고, 마치 달빛 아래 누각에 앉아 가야금을 뜯는 청초한 여인의 섬섬옥수(纖纖玉手)와도 같다. 꽃을 보고 있으면, 가슴에 품은 정한(情恨)을 가야금 줄에 얹어 보내는 여인의 애소(哀訴) 같은 가야금 소리가 들리는 듯하다. 풍란을 건네준 이의 마음이 가야금 줄을 타고 와 내 가슴을 울려주니, 이 꽃으로 인하여 나는 얼마간 입가에 미소를 띠고 지낼 수 있을 것 같다.

(2006.)

얼굴

―바닷가에 핀 해당화처럼

파리의 몽마르트 언덕에서 동양계 화가에게 초상화를 그려 달라고 했다. 나와 흡사하려니 기대하며 20여 분을 미동도 않고 앉아있었다. 그러나 완성된 그림은 내가 아니었다. 내가 동양계 화가를 지목한 것은 동양인의 얼굴골격에 익숙할 것이라는 생각에서였는데, 화가는 서양인과 동양인의 합성된 얼굴을 그려놓고 만족한 미소를 입가에 흘리는 것이었다.

초상화는 둥그스름한 얼굴 바탕에 눈빛은 총명하고 콧등은 어딘지 모르게 날이 선 듯하다. 어느 사이 나는 냉철하고 이지적인 여인의 얼굴로 변해 있었다. 동양인이 서양에 오래 살다보면 생활습관이나 문화가 몸에 배어 얼굴도 변할 수 있으려나, 어쩌면 화가의 눈에는 내가 그리 비쳤을지도 모를 일이기에 나를 닮은 구석을 찾아 한참이나 들여다보았다.

우리 몸에 있는 650개의 근육 중 80개의 근육이 얼굴에 모여 있다고 한다. 얼굴의 근육은 빛의 각도와 표정에 따라 움직임이 다르고, 얼굴에 나타나는 감정의 표현은 솔직한 것이어서 수시로 변하는 표정에 따라 나를 보는 이의 시각도 다를 것이다.

누군가는 나에게 '칸나' 같다 하고, 어떤 이는 나에게 '모란'을 닮았다 한다. 그런가 하면 ○교수는 내게서 바닷가에 핀 '해당화' 향내가 난다고 했다.

불꽃처럼 타오르는 칸나의 열정과 어머니의 품안처럼 편안하고 수수한 모란, 바닷가 모래밭에서 쓸쓸하고 애절하게 울부짖는 해당화(海棠花). 각자 나의 한 단면만을 보고 이름 지은 것이지만 이런 모습들이 한데 어우러져 나를 이루고 있다는 것에 새삼 놀라곤 한다.

바닷가 모래밭에 핀 해당화가 거센 바람과 파도에 휩쓸려 쓰러질 듯 휘청이면서 다시 힘들게 일어나는 모습을 그려본다. 내게 해당화 같다 하신 분은 바닷바람에 실려와 끈적끈적하게 달라붙는 해당화 꽃향내에서 애처롭고 강인한 삶의 의지를 느꼈던 것 같다. 해당화는 무언가 간절히 기다리는 염원과 자기지킴이 강한 꽃의 화신(花神)이라 한다. 그분은 나의 문학에 대한 열망과 삶의 현장 지킴을 해당화 같다 했는데, 그 비유 속에는 오묘한 뜻이 담겨 있어 오래도록 기억에 남는다.

나의 젊은 날의 초상은 열정과 끈기, 애달픔으로 그려졌기에 앞으로의 내 얼굴은 안정과 여유로 푼더분하게 그려지기를 바란다. 그러나 초상화는 평생을 그려도 완성될 수 없는 것처럼, 앞으로의 삶도 어떻게 전개될지 예측할 수 없

는 것이기에 바닷가 모래밭에 핀 해당화처럼 강한 의지를
잃지 않고 살아야 될 것 같다.

(2012.)

나는 누구인가

삶의 연장선상에서 새삼 나의 존재에 대해 숙고하게 되는 것은 어두운 그림자가 드리울 때였다. 사방이 가로막힌 어두운 현실에 갇혀 더 이상 나아갈 수 없을 때, 내 안에 잠자고 있던 참 자아가 참을 수 없는 결핍과 통증으로 나의 존재에 대해 쉼 없이 종주먹을 해댔다.

나는 누구인가? 나는 지금 누구의 삶을 살고 있는가? 인간은 저마다 비슷비슷한 양의 일을 하고 저 세상으로 간다는데, 내가 살아온 발자취는 몇 치 깊이로 남는 걸까?

우리의 잠재의식 속에는 참 자아와 그것을 드러내기 두려워하는 참자아의 그림자(상처·고통·수치·분노·굴욕감·두려움·공포)가 있다. 우리는 숨겨져 있는 참자아의 그림자를 이해하고 공감해야 내면세계의 광대함과 존재의 신성함, 독특성, 재능을 점차 발견해 나갈 수 있다.

　　-토니험프리스의 〈나를 찾는 셀프 심리학〉에서

나를 에워싸고 있는 참 자아의 그림자를 빠져나와 새로

운 삶에 도전한 것은 나이 사십이 되어서였다. 나는 지나간 삶을 돌아보며 공허감에 잠을 이룰 수 없었다. 그제서야 나의 참된 본성에 눈뜨고, 어두운 영혼에서 존재의 빛을 향해 나의 정체성을 찾아 나섰다.

인간에게는 누구나 고유한 특별함이 있다. 내게 주어진 고유한 사유의 감성으로 도전한 문학의 길. 그 길은 나의 선택이었지만 이미 누군가에 의해 정해진 섭리의 길이라는 것을 느낀다. 그 길에서 만난 '수필나무' 아래에 마음을 내려놓고, 고난과 고통을 수용하며 글에 대한 열망으로 스물 다섯 해를 보냈다.

나에게 수필은 구원이었다. 무엇으로도 채워지지 않는 결핍과 갈증으로, 나는 살기위해 수필의 수액을 받아 마셔야했다. 그렇기에 미흡하나마 글 한 편을 탈고하고 나면 황후장상이 부럽지 않다. 문학은 나의 일부분이지만 내 삶의 구심점이기에, 오늘의 주제는 '수필'에 의존하여 풀어나가야 할 것 같다.

수필은 '나는 누구인가'를 끊임없이 생각하게 하는 자기 성찰의 문학이다. 한 세상을 살아가며 자기 성찰의 수필문학을 할 수 있다는 것은 참으로 다행한 일이다. 수필은 나 자신을 돌아보고, 내 안에 있는 치유의 힘을 끌어내어 진정한 삶으로 이끄는 자아를 발견하게 한다.

오늘도 나의 존재를 알기 위해 소우주인 내가 대우주를 향해 끊임없는 질문을 던지며 근원적인 해답을 찾아 나선다. 인간과 자연, 우주와의 소통에 촉각을 곤두세우고, 문학의 깊이에 생각을 더 한다. 문학과 함께 내 삶의 철학과 꿈을 그려 나간다. 인간의 희로애락에 접근하여 자연스럽게 분출되는 행복과 기쁨을 만나고, 가슴속으로 스며드는 아픔과 슬픔과 화해한다. 이러한 행위는 오랜 시간 속에 통증을 다스리며 자리 잡힌 나의 생활이고, 또 다른 자아를 찾아가는 과정이라 하겠다.

나는 수필을 통해 바람이 되고 강물이 되고 구름이 되며 누군가의 꽃이 되기도 한다. 나는 고심 끝에 생명의 포자 하나 날려 보내고 사유의 씨앗은 누군가의 가슴에 자리 잡고 싹을 틔운다. 그래서 절망은 희망이 되고 슬픔은 기쁨이 되며 아픈 사람에게는 따뜻한 위로가 되기를 원한다. 어느 사이 나는 많은 사람들과 공유하는 삶을 살아가고 있음에 잔잔한 기쁨을 느낀다.

그러나 참자아의 그림자에 나의 존재를 묻어버리고 싶을 때도 있다. 사물에 대한 통찰력이 단세포적인 서정에만 머물러 예지력을 발휘하지 못할 때, 슬며시 수필 곁을 물러나고 싶어진다. 그러나 그것도 잠시일 뿐, 또 다시 수필에 대한 경외감으로 결핍은 쉼 없이 찾아와 마음에 그늘이 드리워지고, 그럴수록 내 안의 참 자아는 빛의 길을 향해 더욱 애소한다. 이처럼 문학에 대한 열망은 깊어 가지만 아직도 그 언저리에서 서성이는 나를 보며, 수필의 길은 빛의 본향을 찾아가는 요원한 꿈의 여정이 아닐까 생각하게 된다.

이 세상에 존재하는 많은 것들과 일체가 되기를 소망한다. 그들의 영혼을 노래하고, 형상화하고, 미래의 비전을 제시하는 수필 전도사가 된다면 오죽이나 좋으랴싶다. 다만 어떤 대상의 미세한 부분까지 깊이 헤아리지 못해 안타까울 뿐, 나는 수필 속에서 살아있음을 느낀다.

(2008.)

수다와 토론 사이

수다가 늘었다. 스트레스 해소에는 '수다'가 좋다지만 내가 이처럼 수다스런 여자가 될 줄은 미처 몰랐다.

한동안 별반 말이 없는 남자분과 가까이 지낸 적이 있었다. 두 사람이 연인 사이라면 몇 시간 말없이 앉아 있어도 서로의 교감만으로도 지루하지 않을 테지만, 그런 사이가 아니고 보면 어느 한쪽이 입을 열어 대화를 이어가야 한다. 목마른 사람이 먼저 우물을 판다고, 침묵의 시간을 견디지 못하는 내 쪽이 이 말 저 말 많은 말을 하게 된다. 지루함을 덜어보려고 객쩍은 말도 하게 되는데, 그런 날 집에 돌아와 생각하면 실속도 없이 수다스러웠던 내 자신이 못 견디게 싫었다.

헌데 이즈음, 서로 맞장구를 치며 수다를 떨어도 담 밖으로 소리가 새어 나가질 않을 '수다 클럽'(자칭)이 생겨 신이 난다. 명예나 권력은 손에 쥔 모래처럼 언젠가는 다 빠져나가고 남는 건 친구뿐이라는데, 나이 먹어가며 마음 놓고 수다를 떨어도 좋을 친구가 있다는 것이 얼마나 다행인가 싶다.

오늘도 그들과 만나 한바탕 수다를 떨었다. 이들은 오래 전부터 같은 길을 걸어오며 신뢰를 쌓아온 분들이다. 그간에는 체면을 지키며 겉궁합에 충실했지만, 세상 일이 이해 관계로 얽혀 복잡하고, 주변의 인연들이 꼬이고 끊기는 것을 보며 안타까움에 말문을 트기 시작했다. 그러한 사람들을 곁에서 지켜보는 것만도 안타까운데 직접 관련된 사람이라면 더욱 복장 터질 일이다. 누군가에게 하소연도 하고 싶고 인정도 받고 싶은 게 인지상정 아닌가.

여자들의 수다는 흔히 자기 자랑으로 시작되지만, 남의 흉을 보는 것만큼 재미있는 일도 없다. 그것도 내가 하기 거북한 말을 곁에서 대신해 주면 그렇게 고맙고 통쾌할 수가 없다. 남의 칭찬을 하라면 한 시간도 넘기기 어렵지만, 남의 흉을 보라 하면 서너 시간도 지루하지 않은 것이 수다의 매력이다.

그렇다고 무턱대고 남에게 흠집을 내면 안 될 일이다. 아무리 믿는 사이라 해도 수다에도 원칙은 있어야 한다. 사실에 근거한 수다를 떨어야 수다쟁이들 간에도 신뢰를 잃지 않는다. 남의 일에 열 올리는 사람들을 보면, 저 사람이 다른 사람에게도 내 얘기를 저렇게 하겠지 하는 경계심이 생겨 좀처럼 가까워지기 힘들다. 뭐처럼 마음을 열고 속궁합을 맞춰 가는데 신뢰가 깨지면 더 이상의 진전은 없을 것이다. 겉궁합만으로 살아간다면 무늬는 좋지만 마음은 쓸쓸하지 않을까 싶다.

헌데, 나의 수다가 지나친 걸까? 불현듯 어느 책에서 본 괴테의 말이 떠오른다.

괴테가 집안에 모인 친구들과 하는 이야기꺼리란 대개 예술과 학문에 관한 것뿐이었다. 어쩌다가 화제가 빗나가 남의 비평이나 한담이 시작되면 괴테는 눈을 무섭게 뜨고 큰소리로 호통을 치곤 했다. "그런 얘기는 자네들 집에서 쓸어 모으게. 우리 집에까지 가져오지 말구."

지금까지 내가 한 말을 괴테가 들었다면 모두 쓰레기 같은 얘기만 늘어놓은 셈이 된다. 수다의 원칙을 세워놓고 이따금 콧속에 바람 좀 넣어주겠다는데, 난데없이 괴테 아저씨가 뛰어들어 나를 주눅들게 한다.

이쯤에서 '수다'의 사전적 정의를 찾아보았다. 사전에는 "쓸데없는 말수가 많음. 잔소리가 많음."으로 적혀 있다. 그렇다면 그들에게 수다클럽 회원이 되라고 하는 것은 실례일 것 같다. 우리들의 모임을 '수다클럽'이 아닌 '○○토론회' 정도로 명칭을 바꾼다면 괴테도 눈감아 줄려나?

토론이란, '어떤 문제를 중심으로 여러 사람이 각각 자기의 의견을 말하며 좋은 결론을 얻으려고 하는 논의'라고 한다. 편안한 옷 같은 수다클럽에 앉아 있다가 토론회로 격상하고 보니, 왠지 제복 차림의 사람들이 머리를 맞대고 앉아 있는 것 같아 딱딱한 느낌이 든다. 나도 공식석상에서 토론을 해 봤지만, 애정 어린 비판에도 공격의 끈을 놓지 않으려는 무리도 있게 마련이어서 좋은 결론을 얻기 힘들었다.

우리도 학문과 예술을 이야기하며, 토론에서 얻지 못한 결론을 수다로 풀어보고 싶은데, 수다와 토론 사이의 적절한 명칭은 없는 것일까. 오늘의 이야기는 진흙탕 같은 세상에 발 담그고 있지만 연꽃처럼 피어오르고 싶은 소망이 담겨 있으니 쓸데없는 말이나 잔소리는 아닐 터이다.

그렇다고 수다가 여자들의 전유물은 아니다. 요즈음 텔레비전에 패널들이 나와 토론에 열을 올리는 프로를 흥미 있게 보는데, 거기에는 남자들의 수다가 곁들여져 있기 때문이다. 재치와 유머가 있는 수다는 스트레스 해소에 더없는 묘약이라 하겠다.

수다는 통쾌하지만 허탈하고, 토론에는 의제는 있지만 정답을 얻기란 쉽지 않은 것. 우리의 인생도 그런 것이 아닌가 싶다.

이 풍진 세상, 모든 걸 마음속에 담아두고 살아가기엔 너무 고달프기에 오늘도 사람들은 사람을 찾아 나선다. 수다와 토론 사이를 쉬임없이 오간다.

(2014.)

작품 〈폐(廢)〉

약을 받기 위해 기다리는 동안 병원 직원들의 사진 전시회를 보았다. 인간의 생명을 다루는 사람들은 어떤 물체에 초점을 맞추며 어떤 시각으로 내면의 세계를 진단하는지 호기심이 일었다.

전시한 작품 중에는 일반 전시회에서 흔히 볼 수 있는 학(鶴)을 소재로 한 구성이 많았고, 기대했던 대로 생명에 연관된 작품도 있었다. 전시장을 돌아보다 발길은 〈폐(廢)〉라는 제목이 붙은 작품 앞에 머물렀다. 굵은 철사를 엮어 만든 철문에 자물쇠가 굳게 잠겨져 있다. 철문이 몹시 부식되어 녹이 슬어 있는 것으로 봐서 퍽 오래 전에 폐쇄된 것 같았다. 녹물이 엉겨 붙은 자물쇠를 열기란 힘들 것이다. 그 폐쇄된 철문 안쪽의 녹음방초는 밖에서 보는 녹슨 철문과는 또 다른 평화스러움으로 대조를 이루고 있다.

철문 저쪽에는 아름다운 꽃들이 피고 초목이 우거져 새소리가 들려오는 낙원이었다. 어서 오라고 손짓하는데 녹슨 철문이 앞을 가로막고 있다. 침묵과 거부의 육중한 물체가 완강히 버티고 서 있다. 그것은 이쪽과 저쪽의 단절된 세계를 암시해 주는 듯했다. 단절된 마음속의 고통이 위벽을 벌겋게 헐어내듯, 철문에 부식된 녹물로 연상됐다. 담석증 수술로 소화가 되지 않아 위벽이 헐은 내 자신도 이런 모습이 아닐까. 음식물의 석회질이 쌓여 담석이 생기고 담석은 담도를 막아 담낭의 기능을 저하시키는데 일상에서 나를 막고 있는 담석은 무엇이었을까.

우리의 삶은 감정의 연속이다. 신이 인간에게 특별히 내려준 이성으로 감정을 다스리게 되지만, 감정은 어떤 형태로든 솔직한 것이어서 뚫고 나갈 적절한 통로를 찾지 못했을 때 정신과 육체에 부담감이 누적되고 많은 질병을 얻게 된다. 자연스러운 감정을 발산하는 통로를 찾지 못했을 때의 고통을 녹슨 철문을 통해 보았다.

가까운 분 중에 이런 고통을 겪으며 중년을 훨씬 넘긴 여인이 있다.

삼십여 년 전이다. 그녀는 집에서 학교 다니는 길밖에 모르는 숙맥이었지만, 등교 길에서 만나는 걸식 노인에게 자기의 도시락을 비워주는 인정 많은 소녀였다.

그녀는 서울의 명문 여고를 우수한 성적으로 졸업했다. 그러나 가정 형편상 대학 진학을 포기하고 집에서 신부 수업을 하다가 서울 근교 부농의 맏며느리 자리로 시집을 갔다. 시할아버지와 할머니, 시머니 등 층층시하의 어른들이 계신 집안이었다. 어른 모시는 것은 얌전하고 순종적인 그녀의 성품으로 잘 견뎌냈지만, 손에 익숙치 못한 바느질 솜씨는 시어머니의 눈에 거슬렸다. 그러나 그녀는 바느질 솜씨가 서투른 대신 농사일만이라도 힘껏 해야겠다고 생각하고 집안의 궂은일은 도맡아 소처럼 묵묵히 일만 했다.

그 집 둘째 며느리는 농촌 출신이었다. 그는 바느질 솜씨도 좋았고 일도 걱실걱실 잘했고, 칭칭 감기는 맛도 있었다. 둘째 며느리가 들어온 후 그녀는 차츰 어른들 눈밖으로 밀려났고 남편의 면박이 잦아졌다. 그녀의 가슴은 답답하고 우울했지만 누구 하나 자기를 이해해 주는 사람이 없었다. 그녀는 시집 갈 때 소중히 싸가지고 간 영어 사전과 하모니카를 만져 보았다. 하모니카를 불어보고 싶지만 어른들이 계신 집안이라 엄두를 낼 수가 없었다.

그녀는 밤이면 뒷간에 앉아 하모니카를 불었다. 하모니카를 불면 가슴에 쌓인 감정의 찌꺼기들이 말끔히 씻기는 것 같았다. 그러나 그것도 얼마 못가서 식구들에게 들켜버려 꾸중만 들었다. 그녀는 더욱 말수가 줄어들었다.

그녀는 남편이 서울에 갔다가 늦어지는 날이면 동네에서 멀리 떨어진 논둑에 앉아 남편을 기다리며 하모니카를 불었다. 그래도 남편이 안 오면 영어 회화를 혼자서 중얼거렸다. 그러는 가운데 그녀의 영어 회화 실력은 능숙해졌다. 그런데 이런 그녀의 모습을 본 동네 사람이 그녀가 정신이 나갔다고 소문을 냈다. 아무개 색시가 미쳤다는 소문은 온 동네에 퍼졌고, 이웃 마을로도 번져나갔다.

그녀는 미쳤다는 말을 증명이라도 하듯이 군모(철모)를

쓰고 친정집에 나타난 일까지 있다. 그녀에겐 군모를 쓰는 이유가 있었다. 남편에게 맞을까 두려운 잠재의식이 그런 몰골로 나타났던 것이다.

우리는 외부로부터 받는 온갖 어려운 감정을 스스로 풀어나가야 한다. 그러나 그 한계성을 느낄 때 타인의 협조를 구하게 된다. 병원을 찾아와 고통을 호소하는 사람도 있지만 주위의 협조가 불가능할 때 모든 것을 포기한 채 마음의 빗장을 걸어 잠그는 사람도 있다. 마음에 녹이 슬어 미움과 원망과 슬픔의 녹물이 흘러내리는데도 좀체 타협할 수 없는 단절의 세계로 들어가게 된다.

최근 일본에서는 남자들의 가출 현상이 늘어나고 있다고 한다. 중·장년층에 들어서면 '자신이 한계에 와 있다'는 느낌과 '더 이상 정진하지 못하고 있다'는 정체감 때문에 신경증, 우울증, 심신증 등 이른바 '상승정지 증후군'이라는 병에 걸리게 된다고 한다. 이러한 패배주의는 자기 자신을 고립시키고, 독단적인 자기 평가는 스스로의 재주와 능력을 시들게 하는 자기 파멸을 가져오게 된다.

우리의 마음속은 정신의 갈증으로 녹슬어 가고 있다. 철폐된 문 저편의 아름다운 세계를 갈망하면서도 자신도 모르는 사이 마음속에는 높은 벽을 쌓아가고 있는 것인지도 모른다. 상대편의 무장된 성벽에 반감을 느끼면서도 자신의 황폐해 가는 심전에 눈뜨지 못하고 있다.

우리가 소생하는 길은 높은 벽을 헐어내고 서로의 가슴

을 여는 것이다. 진실한 사랑으로 믿음을 심어주는 일이다. 그래서 하루하루를 새로운 마음으로 시작해야겠다. 녹슨 자물쇠를 열기 위해 기름 치고 닦아내듯 마음속에 쌓여가는 불신과 회의와 갈등을 덜어내고 화해와 관용으로 녹슬어 가는 마음의 문을 닦아내야 한다.

무언가 기대했던 길을 걸어가다가 난관에 부딪친 느낌을 주는 작품 〈폐〉 앞에 서서, 나는 녹슨 마음의 빗장을 열기 위해 얼마나 수고하고 있는 지 생각해 본다.

(1989.)

봄날은 온다

　우수가 지난 어느 날 서오능 분재원에 갔다. 그곳에는 K
선생이 수십 년간 자식처럼 키워온 분재 수십 그루가 있다.
마당 넓은 집에서 취미로 기르던 분재를 아파트로 이사하
면서 그곳에 맡겨 관리를 하고 있다고 한다. 분재에 대해선
문외한이지만, 그동안 사진으로만 보아온 K선생의 작품들
을 대면하고 싶어 발길을 재촉했다.

　분재원에 들어서니, 따듯한 실내 온도에 흙냄새와 나무
냄새가 섞여 코끝을 자극한다. 모과·진백·주목·향나무
등. 갖가지 이름을 달고 서 있는 나무들을 살펴보며 작은
동산을 연상하기도 하고, 주목(朱木)은 어느 산중에 수백
년 의연히 서 있는 거목을 떠올리게도 한다. 자유롭지 못하
게 분재원에 갇혀 있는 나무들이 안 됐다는 생각도 들지만,
철사 줄에 묶여 있는 모과나무에서도 봄을 알리는 푸른 싹
이 돋아나고 있다. 봄은 생명 있는 모든 것에 찾아와 그 숨
결을 불어넣어 준다.

　어릴 때부터 나무를 좋아해 마음속에 푸른 정원을 꿈꿔
왔다는 K선생. 그런 간절한 소망으로 푸른 나무가 있는 분

재원에서 마음의 안식을 얻는다고 한다. 그는 사회생활에서 오는 스트레스를 분재 가꾸는 것으로 풀어왔다. 절제와 인내와 땀과 열정이 고스란히 묻어나는 분재의 완성목에서 그의 고뇌어린 삶과 성취가 스쳐 지나기도 하고, 좀더 깊은 의미와 품격을 살려내려는 노력의 손길에서 그의 예술적 감각이 엿보이기도 한다. 보잘 것 없는 분재목을 철사로 감아 보기 좋은 모양새로 만들어 가는 것은, 욕망을 다스리고 아픔을 견뎌내기 위한 자기 자신에 대한 채찍이었을 것이다. 주인의 의도대로 형상화되는 분재의 운명에서 가꾸는 이의 숨결이 느껴지는 것도 그런 연유에서다.

분재란 화초 따위를 화분에 심어 가꿈, 또는 그 일이라고 사전에 나와 있다. 그런데 나는 분재라 하면 철사 줄에 묶여 성장을 저지당하는 나무만을 연상했었다. 초원이나 사막에서 자라는 나무에서 볼 수 있듯이, 식물에는 살아가는 대(줄기)에 식물의 기(氣)가 있어서 꽃이 필 수 있는 날씨가 3일만 지속되면 어느 곳에서건 살아갈 수 있다. 그런데 구태여 나무를 좁은 화분에 심어 철사 감기로 자유를 구속하는 것이 마음에 들지 않았다. 그래서 나무를 학대한다는 편견을 갖고 있었는데, 이번 기회에 분재에 대해 좀더 이해하게 되어 다행이었다.

분재목은 비교적 성장이 늦은 나무류와 나무의 생김새, 잎의 형태, 꽃, 열매 등의 관상 가치가 있는 나무라면 침엽수든 활엽수든 모두 분재목으로 가능하다. 어린 나무도 분재를 할 수 있지만, 관상 가치를 생각하여 여러 해 동안 모양도 뒤틀리고 성장지연으로 강인해진 환경에서 자란 나무를 분재목으로 많이 이용한다. 초기 성장할 때에 철사 등으로 모양을 잡아가며 억제하는 것과 억제가 불필요한가를 정리한다. 분목으로서 적당한 크기로 전체 조형을 교정하여 자연 상피의 모양 좋은 모습을 축소하여 만들어가는 과정을 보고 나무를 학대한다고 하는데, 정원수 가꾸는 행위와 거의 흡사하다. 분재의 완성목이 되면 그때는 철사 감기를 하지 않고 잎 뽑기정도만 한다고 한다.

K선생의 분재에 대한 설명을 듣고, 완성목으로 서 있는 주목을 바라보니 분재도 우리네 삶의 과정과 같다는 생각이 든다. 직간(直幹)으로 뻗어나간 수형(樹形)은 순탄하게 살아온 사람의 인생길 같지만, 직선에선 앞만 보고 달려 온 사람의 가쁜 숨소리가 들리는 것도 같다. 식물이건 사람이건 어려운 환경에서 강인해질 수 있고, 강인한 의지가 성공의 밑바탕이 되기도 한다. 어쩌면 뒤틀린 환경에서 마구잡이로 날뛰는 것을 교화하여 인성을 바로잡아 주는 행위가 바로 분재의 철사 감기가 아닐까 싶다. 그냥 버려두면 고사하거나 볼품없게 될 뒤틀린 나무의 모양새를 역으로 되살려 아름다움을 창조하는 손길이 예사롭지 않다.

긴 세월 동안 정성껏 가꿔 잎이 푸른 완성목이 되었을 때의 기쁨을 생각해 본다. 불과 1m도 안 되는 작은 키의 분재이지만, 그 나무의 줄기 속에는 수십 년 인고의 세월이 흐르고 있다는 것을 느끼게 된다. 나무도 그렇게 주인과 함께 생사고락의 동반자로 성장해온 것이리라. 나무가 긴 시간 열악한 환경에서 강인해졌다는 아픈 사연은 생각도 않고, 분재목의 몸통이 S자로 휘여 구불구불 올라간 곡선만을 보고 멋있다고 감탄했었다. K선생은 S자로 휘어진 분재목을 보면서 바둑판 같은 도시의 획일적인 도로를 벗어나 흙먼지가 풀풀 날리는 구불구불한 고향 길을 연상하며 작품을 다듬어나간 것은 아니었을까. 또한 S자로 에돌아 온 길에는 나무를 피해 길을 만든 동양의 자연숭배 사상이 배어있는 것도 같다. 곡선에서는 굴곡이 심한 인생길을 떠올리게도 하고, 한걸음 쉬어가는 여유로움과 푼푼함을 느끼게도 한다. 그저 무심히 보아 넘긴 아름다움의 이면에 많은 사연이 숨어 있다는 것을 분재를 통해 짐작하게 된다.

그 휘어진 나무 끝을 한 마리 학(鶴)의 모양으로 마무리한 솜씨에 그만 입이 다물어지지 않는다. 소나무 그늘 아래 유유자적하는 학의 자태에서 음풍농월(吟風弄月)하는 선비의 모습이 떠오르기도 하고, 어느 도인의 평안한 삶이 연상되기도 한다. K선생은 마치 자신의 노년을 설계하듯 이 작품을 다듬어 온 것은 아니었을까.

한때 K선생 앞에 교만했던 나의 치기가 부끄럽다. 절제된 이성으로 나의 감성을 제압하던 그의 사려 깊은 마음이 이제사 이해될 것 같다. 다만 완성목으로 우뚝 선 그 앞에, 내 인생을 좀더 적절히 가꾸지 못했다는 자책과 허탈감으로 쓸쓸해진다. 분재의 생성과정을 조금은 알 듯 하지만, 아직도 철사에 묶여 있는 분재를 바라보는 마음이 편치 않다. 그것은 처해 있는 환경에서 벗어나지 못하는 내 몸과 마음이 아픈 까닭이다.

나는 언제쯤 잎 뽑기만으로도 보는 이의 마음을 즐겁게 해주는 완성목(完成木)이 될 수 있을까. 그러나 철사에 감겨 있는 초기 성장의 분재에도 푸른 싹이 돋아나듯이, 나목(裸木)으로 서있는 나에게도 봄날은 올 것이다.

(2006.)

쓴 약 두 봉

수필을 써온 지 어언 20여 년이다. 그간 세 권의 단행본을 출간했다. 다작은 아니지만, 수필을 쓰면서 진을 많이 뺏기에 이제는 그만 수필 곁에서 멀어지고 싶을 때가 있다. 제대로 문학 대접도 못 받는 수필에 매달려 무얼 어쩌자는 것인가 하는 회의에 젖을 때도 있다.

헌데, 한(恨)이 많아 그런가. 바람이 잔뜩 든 고무풍선의 한 곳을 누르면 다른 한쪽이 불룩 튀어 나오듯, 가슴에 담겨진 사연이 나에게 종주먹을 해댄다. 조금씩 달래주지 않으면 그냥 큰소리를 지르며 터져버리겠다고, 고무풍선 속의 바람처럼 가슴속의 바람이 나를 위협한다. 그러면 이 나이에 가릴 것이 무엇이냐며 야금야금 속을 드러내 보인다. 살아온 육십여 성상이 그리 긴 것도 아니건만, 이쯤 살아보니 세상사 너나 할 것 없이 주름투성인데, 가슴에 안고 한숨 쉴일도 미소 지을 일도 아니라고, 기쁨도 아픔도 서로 공유하며 사는 것이 사람 사는 세상이라며 혼자서 인생 철학서를 쓴다. 그리곤 어떻게 벗느냐를 두고 밤새 골머리를 앓는다.

언젠가 누드모델을 앞에 놓고 그림을 그리는 현장에 가

본 적이 있다. 누드그림은 감상한 적이 있지만 실제 모델이
나와 옷을 벗는 장면을 보는 것은 처음인지라 잔뜩 호기심
을 안고 공연장에 들어섰다. 많은 모델들이 차례대로 옷을
벗으며 그림 그리는 사람에게 포즈를 취해 주었고, 관중들
도 그들에게 시선을 집중하며 그림을 감상하듯 영혼이 담
긴 육체를 바라보았다. 그런데 나는 기대만큼의 기쁨을 느
끼지 못하고 돌아왔다. 누드모델의 옷 벗는 모습이 너무 쉽
게 보여 실망했다.

　또다시 이와 비슷한 경험을 한 적이 있다. 어떤 수필 세
미나에서 항간에 물의를 일으킨 모 교수가 수필 강연을 했
다. 그는 수필의 표현방법에 대해 '그냥 시원하게 방뇨하듯
배설하는 것'이라고 했다. 그 자리에는 수필 초년생이 많이
참석했는데, 그들이 수필을 잘못 이해하게 될까봐 걱정스
러웠던 기억이 난다.

　수필은 고백의 문학이다. 자신의 체험을 토대로 삶을 구
체화시키는 수필문학은 거짓이나 꾸밈없이 진솔하게 자기
자신을 벗어내야 하는 특성에 고민이 있다. 그렇다고 누드
모델이 거침없이 가운을 벗어 던지듯, 뱃속의 오물을 시원
하게 방뇨하듯 배설할 수는 없다. 수필은 그 사람의 얼굴이
기에, 표현하는 기법이나 토씨 하나에도 애정의 손길을 보
내야 한다. 수없이 수정을 거쳐 탈고를 한 후에도 선뜻 발
표하지 못하는 것은, 내 나름대로 두 가지의 쓰디쓴 경험이
있기 때문이다. 그러나 입에 쓴 약이 몸에 좋다는 것도 그

경험을 통해 익혀왔다는 것을 고백한다.

20여 년 전의 일이다. 어려운 과정을 거쳐 천료를 받고 기쁨에 들떠 있는 문단 초년생인 나에게 수필계의 원로 P선생에게서 전화가 걸려왔다. 그는 축하한다는 말 대신 내가 천료 받은 수필지에 글 같은 글이 실린 것 봤느냐며 말문을 열었다. 실로 충격적인 말이었다. 그렇다면 P선생은 자기가 폄훼하는 수필지에 이따금 작품 발표를 하는 이유는 무엇인가. 하늘같은 선배 앞에 말대꾸 한 번 못하고, 새싹의 목을 싹둑 잘라내듯 하는 그의 거친 말을 듣고 한동안 마음을 앓아야 했다. 그 일로 인해 나는 수필에 대한 의욕을 상실할 뻔했지만, 심기일전하여 반전의 기회로 삼기로 했다.

그 얼마 후, 어느 백일장 행사장에 갔다가 돌아오는 길에 우연히 P선생과 잠시 길을 걷게 되었는데, 그는 뜬금없이 내게 이런 말을 했다.

"한 번 발표한 작품에 대한 인상을 지우려면 최소한 8년이 걸린다."는 것이었다. 그것은 작품 발표에 대한 신중성을 강조한 말이었는데, 나 같은 신인에게는 보약 같은 말이었다. 그러나 지난번 일로 마음이 상해 있는 나는 그 말이 쓴 소리로밖에 들리지 않았다. 그리고 이듬해 국내에서 가장 역사가 깊고 문단의 대표라고 일컫는 H문학지에 수필을 발표할 기회를 얻었다. 나는 지면에 욕심이 생겨 다급히 수필 한 편을 보냈다. 그러나 보낸 수필은 '원고 재고'라는 딱지와 함께 되돌아왔다. 그것은 작품에 대한 함량미달을 의

미한 것이었다. 그때의 부끄럽고 쓰라렸던 기분은 무엇에 비할 바가 아니었다. 그제야 P선생의 충고가 떠올랐다. 그리고 부족한 글에 대한 인상에서 벗어나기 위해 8년을 애쓰지 않게 해준 H문학지의 편집장에게 고마움을 느끼지 않을 수 없었다. 되돌아온 원고를 수개월간 묵혀두고 퇴고를 거듭하여 작품 한 편을 건지니, 그제야 죽을 뻔한 자식을 살린 것 같아 묵은 한숨이 터져 나왔다. 그때 만약 H문학지에서 내 원고를 그대로 실었더라면 어찌 되었을까. 생각만 해도 현기증이 난다. 지금 글에 대한 신중함으로 밤잠을 설치고, 발표 지면에 연연하지 않는 것도 은연중에 밴 두 봉의 쓴 약 덕분이라 여겨진다.

헌데, 이즈음 약발이 떨어지는 게 아닌가 염려될 때가 있다. '변함없는 독자 한 명만 있으면 된다.'는 나의 고정관념이 시대에 역행하는 것은 아닌가 하는 생각이 드니 말이다.

이제는 문학도 독자를 찾아나서는 시대가 되었다. 소극장에서 흥겨운 록 음악과 젊은 시인의 토크 쇼. 시를 상징하는 퍼포먼스로 독자와 함께 즐기고, 달리는 열차 안에서 시를 낭송하는 문학전용열차도 생겼다. 독자 곁으로 한 발 다가서려는 지상의 열띤 움직임 못지않게 사이버 세계의 문학 열기도 대단하다. 지상에서 벌어지는 문학 행사에는 한국 문단의 대표들이 주축을 이루고 있지만, 사이버 공간에서는 주로 현대문명의 최첨단 기술에 익숙한 사람들이 중심을 이루는 것 같다.

나는 주로 수필 코너에 관심을 갖게 되는데, 이곳에서는 〈적벽부(赤壁賦)〉를 쓴 중국 북송 때의 시인이며 문장가인 소동파가 "글 한 편을 완성하는데 버린 파지가 세 삼태기"라고 한 말은 그야말로 옛말이라는 것을 실감하게 된다. 가속도에 길들여진 다수의 사람들은 사이버 공간을 하나의 휴식처 삼아 심심하거나 피곤할 때 들어와 생각나는 대로 컴퓨터 자판을 두드리는 모양이다. 퇴고 과정도 거치지 않은 글을 모니터에 방뇨하듯 배설하는 사람들. 이곳저곳 사이버 공간을 드나들며 글보다는 인기몰이에 정신없는 사람들을 보게 된다. 이들에게서 앞만 보고 내달리는 현대인의 갈증이 느껴지지만, 속도와 효율성에 밀려 영혼이 결여된 글을 마구 쏟아내는 것은 수필을 얕잡아 본 까닭이리라.

그래도 수필에 대해 자긍심을 가지고 있다면 그리해서는 안 될 것 같다. 남에게 보이기 위해 없는 수염을 만들어 양반 흉내를 내서도 안 되겠지만, 남에게 오물이 튀든 말든 방뇨하듯 배설하는 상놈이 되어서도 안 될 것이다. 아무리 자유가 허용된 공간이라 해도 그곳은 공공(公共)의 장이기에 지켜야 할 예의가 있는 것이다.

글에 대한 신중성을 충고해주던 선배와 함량미달의 글을 되돌려 보낸 잡지사의 편집장이 생각나는 요즈음이다. 예나 지금이나 글에 대한 부족함은 여전하지만, 그나마 나를 키운 절반은 그들이 내민 쓴 약 두 봉이 아닌가 싶다.

(2006.)

한동희 연보

1944년 5월 25일(음력) 서울시 서대문구 교북동 101의 3호에서
아버지 한준택(韓俊澤)과 어머니 장순(張順) 사이에서 6
남6녀 중 차녀로 태어남. 아버지는 청년 시절에는 일본
을 왕래하며 자기(瓷器)를 수입하는 무역업을 했으
나 내가 출생할 무렵에는 시흥에서 정부 양곡을 도정하
는 정미소를 운영하며 서울 교북동에서 양곡도매상을
하였음.

1950년 시흥초등학교 입학. 한국전쟁으로 시흥에서 아버지 고
향인 서해 바닷가, 경기도 화성군 우정면 운평리로 피
난. 아버지는 수년 후, 시흥에 있는 정미소를 정리하여
고향에 염전과 농토, 정미소를 장만하였음. 유년기부터
서해의 석양에 매료되어 여름과 바다, 염전은 내 문학
의 근원이 되었음.

1956년 서울 매동초등학교 졸업.

1962년 동명여고 졸업. 여고 때는 문예반에서 활동했으며, 김
용숙(숙대 박물관장 퇴임) 담임선생님이 나에게 문학에
재능이 있으며 가능성이 보인다고 용기를 주었음. 교사

의 한마디 칭찬이 한 사람의 인생을 바꿔놓을 수 있다는 교훈을 얻었음. 그해 처음으로 실시된 국가고시에 낙방함. 조령모개식의 교육정책으로 인생의 낙오자가 된듯하여 우울한 영혼을 음악 감상실에 드나들며 달램.

1965년　대학입시에 실패하여 재수를 하던 중, 작은오빠의 권유로 서울시 교육위원회 교육공무원 임용시험에 응시하여 수석 합격함. 내 생애 최초로 수석이라는 영광과 행운을 안고 명신고등공민학교 성인반 전임강사로 4년간 재직함. 대졸자들도 취업이 힘들어 해외근로자로 나가는 시기임으로, 비로소 교육공무원이라는 긍지와 자신감을 갖게 되었음.

1969년　서울 태생인 민병학(閔丙學)과 결혼. 장남 철기(喆基) 출생.

1971년　장녀 성숙(聖淑) 출생

1984년　(사)대한주부클럽 연합회 주최 신사임당 기념 백일장에 입상(심사위원 박연구, 윤모촌). 시문회 회원. 동인지 〈시와 수필〉에 작품 발표 시작으로 등단 후에도 현대문학을 비롯한 각종 문예지와 여성잡지, 신문, 사보 등에 200여 편의 수필을 발표하였음.

1985년　한국수필에 작품 〈향기〉로 초회추천(윤모촌, 서정범 추천)

1986년　한국수필에 작품 〈아버지의 목소리〉로 추천완료.(서정범 추천)

1987년   한국수필추천작가 8인선집 ≪뿌리를 내리는 사람들≫
(교음사) 발간. 한국수필작가회 창립주도(사무국장).

1988년   한국문인협회 입회.

1989년   한국수필작가회 부회장. 첫 해외여행(미국). 동남아 문
학기행(싱가포르, 홍콩, 타이베이).

1991년   첫 수필집 ≪사람, 그 한사람≫ 발간(한강문화사). 명지
대 사회교육대학원 최고관리자과정 수료. 브라질 한인
회(회장 신수현) 초청으로 2개월간 브라질에 머물며 브
라질 한인이민 역사 30주년기념 교민 60여 명 면담 취
재함. 한인회관에서 수필 강의함.

1992년   두 번째 브라질 방문. 2개월간 머물며 한인이민역사 취
재를 마무리함. 그 내용의 일부를 두 번째 수필집 ≪느
낌표처럼 사랑했다≫에 수록함. 가족 동반 브라질 여
행. 한국여성문학인회 입회.

1995년   한국문인협회 고양시지부장.

1996년   두 번째 수필집 ≪느낌표처럼 사랑했다≫(도서출판 유
정) 발간, 경기도 문예진흥기금 수혜. 국제 PEN 한국본
부 입회. 지중해 문화탐방(그리스, 터키, 이집트)

1999년   제17회 한국수필문학상 수상(조경희). 고양시 문화상 문학
부문 수상. 한국수필가협회 주관 봉래호 선상에서 국내세
미나 및 금강산 문학기행 참가. 사단법인 대한주부클럽연
합회 '여성의 잡 수필반 강사. 일산문학학교 수필반 강사.

2000년   미리내수필문학회 창립 주도(초대회장). 공저 ≪물비늘

에 띄운 편지≫(도서출판 진실한 사람들) 발간.

남편이 관여하고 있는 '21세기 식량개발 연구팀'에 편승하여 브라질 세 번째 방문(6선 국회의원 아리까라조세 초청). 업무상 마르꼬 마씨엘 부통령과 농림부장관, 노동부장관, 국회부의장 등과 만남. 국회본회의 관람 중 국회 하원의장이 우리의 방문을 환영한다며 '위대한 한국안'이라는 찬사를 보내왔고, 동시에 회의장 안의 전광판에 우리 일행의 명단이 나와 그들의 즉흥적인 행동에 의아하고 기뻤음. 한국의 국회본회의장에서는 상상할 수도 없는 일에 당황했지만, 그들의 여유있고 부드러운 분위기에 대륙인다운 면모를 느낄 수 있었음. 브라질에서는 '무질서 속의 질서'라는 말을 자주 사용하게 되는데 이 날의 광경도 '무질서 속의 질서'를 떠올리는 한 장면이었음.

2001년   한국여성문학인회 간사.

2002년   한국수필가협회 주관 문학기행 참가(중국의 돈황, 서안).

2005년   한국문화예술위원회 문예창작지원금 수혜–세번째 수필집 ≪소금꽃≫(선우미디어) 발간. 프레스센터에서 출판기념회. 한국문인협회 주관 문학기행 참가(호주, 뉴질랜드). 장녀 성숙, 진중용과 결혼.

2006년   한국수필작가회 회장. 한국수필작가회 창립 20주년 기념 특집 ≪나의 수필 작법≫(도서출판 진실한 사람들) 발간. 외손자 희도 출생.

2007년   전국 '수필의 날' 행사 간사(4년간).

2008년   한국여성문학인회 사무국장. 한국수필가협회 주관 해
        외세미나(일본, 오사카) 참가.

2009년   (사)한국수필가협회 부이사장(3년간). 박근혜 수필가(한
        나라당 전 대표)와 삼성동 인터콘티넨탈 호텔에서 대담
        주도(인터넷 시대에 문학의 저변 인구가 가장 많은 수필 장르
        의 향방과 문예진흥기금 복원에 대해 논의함). 독일 방문하
        여 수필 강의함(파독 간호사 초청). 독일의 남부지방과
        프랑스 파리 문학기행.

2011년   스페인, 포르투갈 문화기행.

2012년   네 번째 수필집 ≪숙제 그리고 축제≫(선우미디어) 발간.
        프레스센터에서 출판기념회.

2014년   선우명수필선 ≪퀼트와 인생≫(선우미디어) 발간.

        현재 한국문인협회 회원. 문학의집 서울회원. (사)한국
        수필가협회 자문위원.

        한국여성문학인회 이사. 국제PEN 한국본부 이사.

이메일 : hdhhw@nave.com